A Literary Guide to Flannery O'Connor's Georgia

フラナリー・オコナーのジョージア

20世紀最大の短編小説家を育んだ恵みの地

サラ・ゴードン 著
クレイグ・アマソン 編集相談
マーセリーナ・マーティン 写真
田中浩司 訳

新評論

フラナリー・オコナーとジョージア――訳者による解説

アメリカ合衆国南東部のジョージア州。二〇一〇年の人口調査によれば、人口約九六八万七〇〇〇人で、白人五九・七パーセント、アフリカ系アメリカ人三〇・五パーセントの人口構成だが（「United States Census 2010」）、南北戦争前年の一八六〇年における人口は一〇〇万人を初めて超えたばかりで、そのうち白人は五六パーセント、アフリカ系アメリカ人は四四パーセントだった（"Georgia in 1860" New Georgia Encyclopedia）。アフリカ系アメリカ人のほとんどが奴隷であり、「Empire State of the South（南部の帝国州）」と称されるほどに産業も発達していたが、一八六一年～一八六五年に行われた南北戦争の主戦場となり、主要部の全域が壊滅的な被害を受けた（"Georgia History Overview," *Ibid*）。

マーガレット・ミッチェルは、この南北戦争中とそれに続く再建時代（一八六五年～一八七七年）のジョージアを舞台にして、映画『風と共に去りぬ』（一九三九年初公開、日本での公開は一九五二年）の原作小説を書いた。ジョージア出身の作家として、彼女を知っている日本人も多いであろう。この映画が初公開されたときにはまだ一四歳の少女だった作家が、本書で紹介するジョージア州生まれのフラナリー・オコナーである。

オコナーは、一九二五（大正一四）年にジョージア州サヴァンナに生まれ、一九六四（昭和三九）年までの三九年間の短い生涯を生きた。二つの長編と三二の短編、その他多数の書評やエッセイを書き、O・ヘンリー賞[1]を三回受賞したカトリック作家である。その作品のほとんどが邦訳されて出版されている（なお、本書では、オコナーの作品名に関しては《 》で表すことにした）。

オコナーは、大学を卒業するまでの二〇年間をジョージア州で過ごし、大学を卒業してすぐにアイオワへと旅立った。アイオワ大学大学院でジャーナリズムを学び、風刺漫画家として活躍するためであった。しかし、漫画家は自分の道ではないと早期に悟り、同大学院のライターズ・ワークショップに移籍している。ポール・エングルのもとで教育を受け、最初に書いた短編小説が雑誌に掲載されている。

大学院終了後は、奨学金[2]をもらって、才能ある若き芸術家たちの集まるニューヨーク州サラトガ・スプリングスのヤッドに移り住んでいる。その後、コネチカット州の詩人ロバート・フィッツジェラルド夫妻の家に住み込んで創作活動を続けることにした。この時期、最初の長編小説も順調に筆を進めていたようである。

ところが、一九五〇年一二月、クリスマス休暇で故郷へ帰るときに、彼女の身体は変調をきたした。よりにもよって、クリスマスの時期に全身性エリトマトーデスという、当時においては遺伝性の不治の病にかかってしまったのだ。およそ一〇年前、彼女の父の命を奪った病気と同じである。オコナー、二五歳のときであった。

家族・親戚・友人との久闊《きゅうかつ》を叙し、楽しいひと時をしばし過ごしたら、再びニューヨークに戻って新人作家として活躍することを夢見ていたオコナーは、ついにこのままニューヨークに帰ることなく、母の看病を受けながら、ジョージアで母の経営する農場アンダルシアで残りの生涯を過ごすことになった。

当時の失意については、後年《長引く悪寒》という短編小説に結集され、「より大きな世界とのつながりが永遠に消え去ったような気がした」（横山貞子『フラナリー・オコナー全短篇（下）』筑摩書房、二〇〇三年、九八ページ）と綴っている。

しかしオコナーは、失意のどん底に沈むことなく、この病気によってもたらされたさまざまな

（1）アメリカの短編小説の名手O・ヘンリー（一八六二〜一九一〇）の名前を冠した賞で、一九一九年につくられた。英語で書かれたすぐれた短編小説に対して与えられている。

（2）一九〇〇年、スペンサー・トラスク（Spencer Trask, 1844〜1909）と詩人であるその妻カトリーナ（Katrina・1853〜1922）によって創設された財団で、あらゆる国・ジャンルの芸術家を支援する居住施設。自然豊かな環境のなか、芸術家たちはここで創作活動に専念できるように配慮されている。思想家ハンナ・アーレント（Hannah Arendt, 1906〜1975）、作家トルーマン・カポーティ（Truman Capote, 1924〜1984）、指揮者レナード・バーンスタイン（Leonard Bernstein, 1918〜1990）もここの出身である。

制約を受け入れて創作活動を続けている。エッセイ《作家と地域》のなかで、彼女は次のように語っている。

ジョージア作家と名乗ることは、確かに一つの制約を公表することになる。だが、あらゆる制約について言えるように、この制約は実在に至る道なのである。他の作家なら他所に出かけなければ見つからぬものを、自分の土地で手に入れられるというのは、作家が恵まれうる中でも大きな恵み、いやおそらく最高の恵みであるだろう。（上杉明訳『秘義と習俗　フラナリー・オコナー全エッセイ集』春秋社、五二～五三ページ、傍点部分田中改訳）

フラナリー・オコナーと孔雀

彼女にとって幽閉の地ジョージアは、厭うべき運命でもなければ呪縛でもなく、創作の機動力となる「最高の恵み」となったのである。

またオコナーは、同じエッセイのなかで、かつて奴隷制度を有し、南北戦争に負けたこの南部そのものが、「堕ちるという経験に加えて、それを解釈する手段も持っていたから、二重に恵まれたというべきである」（前掲書、五八ページ）と、別の観点から作家として活躍するのにジョージアは恵まれた土地であるとも言っている。

したがって本書は、単にオコナーの生誕地・生育地としてのジョージアを紹介するだけではなく、彼女が失意のなかに「恵み」を見いだし、普遍的な文学を紡ぎ出す舞台となった故郷であり、歴史の傷跡のなかに「最高の恵み」があると考えた場所としてのジョージアを紹介しようとするものである。

フラナリー・オコナーという一人の女性作家が、ジョージアのどのような歴史と環境のなかに生まれ、育まれ、どのような人生を経て「二〇世紀最大の短編小説家の一人」と呼ばれるまでに成長したのか、本書において彼女の息吹を感じ取ってもらえれば幸いである。

なお、翻訳に際して、読者の便宜を図るために、必要に応じて本文中の［　］内に補足説明を挿入した。

本書に出てくる主な地名とその位置

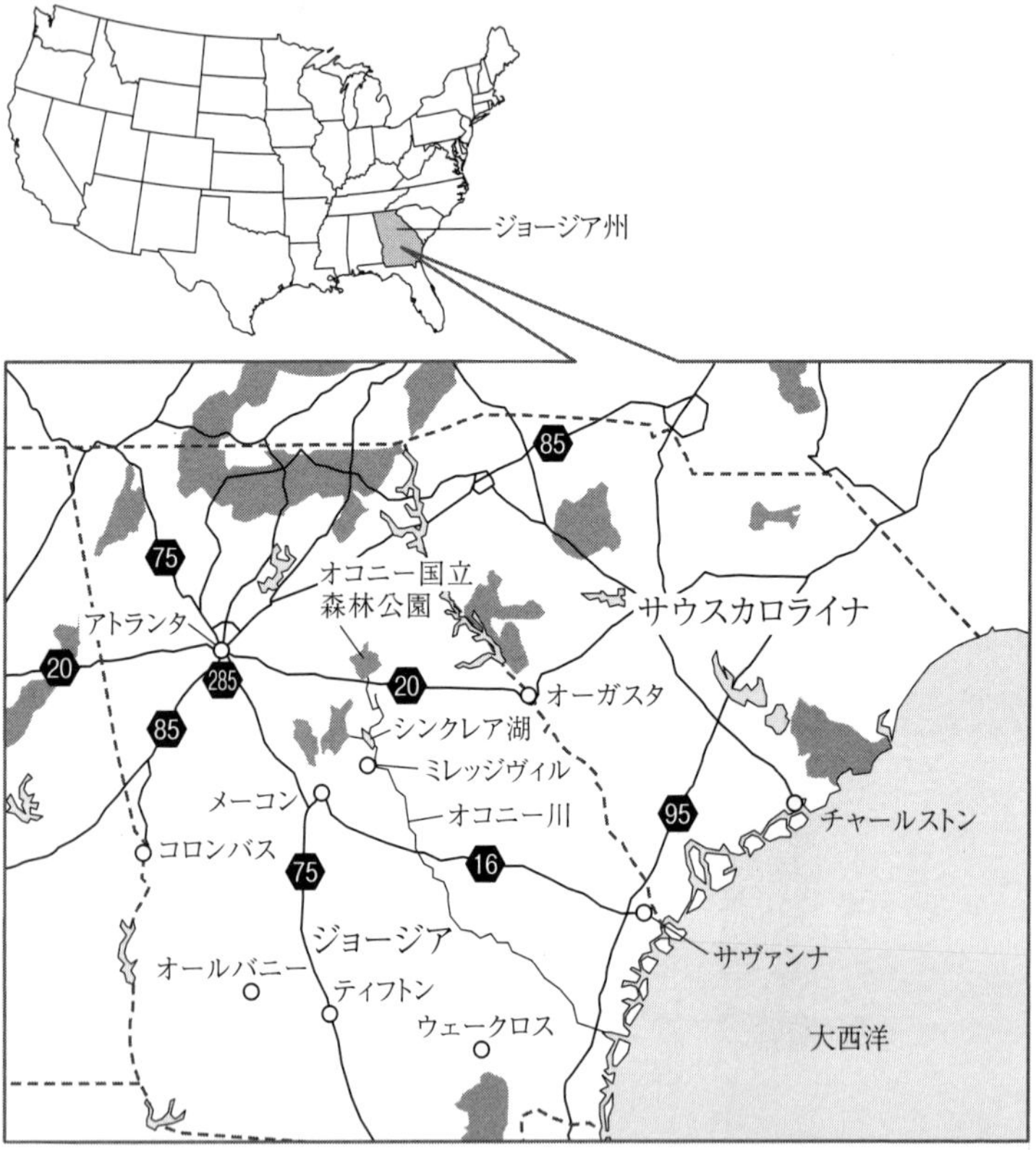

もくじ

アンダルシア農場の並木道

第2章　ミレッジヴィル　47

フラナリー・オコナーのジョージア

——20世紀最大の短編小説家を育んだ恵みの地

アンダルシア農場

ロバート・W・マンとマーガレット・フローレンコート・マンを偲んで

Japanese translation rights arranged with
INTERCONTINENTAL LITERARY AGENCY LTD.
through Japan UNI Agency, Inc., Tokyo

謝辞

本書の制作に尽力してくれた次の方々に感謝する。フラナリー・オコナーの業績の栄誉を讃えるために早い時期から貢献してくれた故ヒュー・ブラウン。サヴァンナの「フラナリー・オコナー子ども時代の家」のジリアン・ブラウンとレーナ・パットン。サヴァンナのパット・パース。ジョージア・カレッジ&州立大学アイナ・ディラード・ラッセル図書館特別コレクションのナンシー・デイヴィス・ブレイ。ミレッジヴィルの元サンフォード・レストラン・ハウスのメアリー・ジョー・トンプソン。ミレッジヴィルの知事旧公邸のマット・デイヴィスとジム・ターナー。写真を寄贈してくれた故ロバート・マン。一九六二年撮影のオコナーの写真を寄贈してくれたジョー・マクタイヤ。コンヤーズの聖霊修道院のブラザー・カリスタス。ミレッジヴィルの聖心カトリック教会のモンシニョール・マイケル・マクウォーター。洗礼者聖ヨハネ大聖堂の主任司祭モンシニョール・ウィリアム・オニール。ワトソン・ブラウン財団。

この案内書における歴史に関するたくさんの情報を提供してくれた「新ジョージア百科事典」（www.georgiaencyclopedia.org）に一同感謝申し上げる。

真剣な眼差しで読書をする３歳のメアリー・フラナリー・オコナー（ジョージア・カレッジ＆州立大学図書館フラナリー・オコナー・コレクションの好意による）

フラナリー・オコナーとは誰か？

フラナリー・オコナーはアメリカの偉大な物語作家であり、短い生涯を芸術の追究に捧げた女性である。オコナーの短編と小説は、大変奥の深いキリスト教がその基盤となっている。というのも、オコナーは敬虔なローマ・カトリックの信徒だからである。戦後の彼女と同世代の作家、たとえばソール・ベロー、バーナード・マラマッド、ユードラ・ウェルティ、ジョン・アップダイクなどと異なり、オコナーは常に創作にあたって霊的なことにかかわっていた。彼女にとって現世とは「道」であり、道中、われわれの存在に関する問い、しかも永遠という観点から見た人生の意義や目的に関する問いを発せずにはおれなかった。

オコナーの作品は、アメリカ南部という場所に関する彼女の感覚に負うところが極めて大きい。彼女の目には、南部は大宇宙を縮小した小宇宙として映り、そこでは、善と悪、罪と救いの闘いが繰り広げられていた。オコナーは、公民権運動の記念すべきはじまりを目撃したが、彼女が繰り返し提示したのは、キリストが体現した愛の不履行としての人種差別だった。

しかしながら、オコナーは政治的・社会的問題の解決を意図していた作家ではなかった。いわゆる旧南部の神話的な物語も、アメリカと南部の急速な都市化（および郊外化）も彼女の作品の中心的地位を占めるには値しなかった。その代わり彼女は、自己満足と高慢を繰り返し攻撃した。なかでも不信仰に対する攻撃は、彼女にとってもっとも重要なことだった。

フラナリー・オコナーの世界では、われわれはすべて本来の居場所を失った人間であり、原罪ゆえに、我が儘と傲慢が体の髄まで浸透している人間である。愚かにも、進歩や技術に対して信頼を置くことによって、われわれは自分一人だけで存在しているような感覚をまちがって抱くようになり、利己的になり、他人を操るようになる。とりわけ、われわれは、自らが神の被造物であることと、それに伴って当然もっていなければならない謙遜な思いを忘れてしまうものだ。

初めて出版した《賢い血》（一九五二年）で、オコナーは堕落を否定し、罪の存在を否定し、それゆえ、救いの必要性も否定しようとする現代主義者をとらえて大胆に描き出している。その小説の主人公ヘイゼル・モーツが「キリストのいない教会」を設立しようとしていることからも分かるように、彼は自分が現代の世俗の都市で説教している相手が、改宗者すなわちキリストなどいないと信じるようになった人たちであることに気付いていない。

しかし、ヘイズ［ヘイゼルの別称］の感心なところは、「自分の心の奥で十字架から十字架へと移り動いている」[1]イエスの鼻持ちならない狂気の影から自分を解放することがまったくできないことであった。どんなに試みても、ヘイズには、罪を否定することも、贖いの必要性を否定す

オコナーと南部

　作家であり、南部が自分の知っているようなものならば、なにについて書くか、南部をどう判断するかは、自分自身をどう判断するかにかかっています。多分、しばらく南部を離れて暮らすことがいいし、必要でもあるのだと思いますが、これは決して逃避ではありません。私の作品の生命は南部を離れることにかかっていると考えて、20歳から25歳まで南部を離れてくらしました。病気が悪化して帰省することにならなければ、きっとその錯覚に固執し続けただろうと思います。私の最高の作品はここで書いたものです。（1957年7月16日付のセシル・ドーキンズ宛の書簡。横山貞子訳『存在することの習慣』筑摩書房、2007年、150ページ）

ることもできなかった。

　カトリック教会に対して従順であったオコナーだが、その教義に疑問を投げ掛けたり、探究したりすることに関しては遠慮がなかった。というのも、聖トマス・アキナスの信奉者として、信仰の事柄に関してはもちろん限界があるにしても、理性を用いるべきであると固く信じていたからである。

　知的なカトリックとして（このように称されるのは、決して本人のよしとするところではないだろうが）、オコナーは神学や哲学の本をじっくりと読みこなしており、それゆえ、上滑りな読書の習慣しかなく、安易に「霊感」を求め

（1）須山静夫訳『賢い血』筑摩書房、一九九九年、二〇ページ。

るカトリックの仲間たちを辛辣に批判することもしばしばあった。「人々が分かっていないのは、宗教というものがどれほど高くつくものかということである。信仰とは当然十字架のことであるのに、人々は信仰とは大きな電気毛布であると勘違いしているのだ(2)」と言っていることからも察せられるように、彼女の作品を読むと、信仰とは容易なものでないことがはっきりと分かる。

オコナーの手紙のほとんどは、《存在することの習慣》(一九七九年)という全米書評会特別賞を受賞した書簡集のなかに収録されているが、手紙を読むと、霊的なことにおいていかに率直で確信をもった作家であるかが分かる。そこには、甘ったるい「敬虔な話しぶり」などは一切ない。何よりもそれは、オコナーが嫌っていたことなのだ(3)。その代わり、オコナーの神学に関する該博《がいはく》な解釈や見解が至る所ではっきりと示されている。

1952年、ジョージア・カレッジ＆州立大学で行われた《賢い血》サイン会でのフラナリー・オコナー(フラナリー・オコナー・コレクションの好意による)

トマス主義(4)の思想にどっぷりと浸かる傍ら、オコナーは二〇世紀カトリック護教論者の作品を読んでいる。ジャック・マリタン、エティエンヌ・ジルソン、ガブリエル・マルセル、ロマーノ・グァルディーニ、さらに（当時）議論の的になっていたテイヤール・ド・シャルダンなどまで読んだ。

二〇〇七年、エモリー大学は、オコナーがベティ・ヘスター《『存在することの習慣』》のなかに匿名で「A」とだけ記されていた文通相手）に宛てた手紙をすべて公開した。これらの手紙の多くが出版された書簡集には収録されていなかったので、それを読めば、オコナーの人生に対しての新たな洞察を得ることになろう。

ヘスターは、オコナーの親友の一人であり、作家志望であり、熱心な読者であり、心に葛藤を

（2）一九五九年土曜（日付なし）のルイーズ・アボット宛の書簡（Sally Fitzgerald, ed. *The Habit of Being*, New York: Farrar, Straus & Giroux, 1988. p. 354　田中訳）。

（3）一九五六年二月六日付のJ・H・マッカウン神父宛の書簡で、フラナリーは「敬虔な話ぶりは、現代世界に向かって語り掛けたいと思っているカトリック信徒にとっての大きな躓きの石である」と言っている（*ibid.* p. 135、田中訳）。

（4）イタリアの神学者であり、スコラ哲学の大成者であるトマス・アキナス（Thomas Aquinas, 1225～1274）の神学・哲学に基づく考え。一九五五年八月九日付のベティ・ヘスター宛の書簡によれば、フラナリーは、アキナスの著書『神学大全』を座右の書にし、毎晩、寝る前に約二〇分間読んでいたことが分かる（*ibid*.p. 93）。

もったカトリック信徒であった。また、オコナーと文学や霊性について手紙を交わすことを重んじていたことがはっきりと見て取れる。オコナーの手紙をすべて読むと、研ぎ澄まされた見解や解釈能力をもっている一方で、病苦で鍛えられた個人的な強い信仰をもっている護教論者だということが分かるかもしれない。

現実に臆せず、それを描き出そうとする彼女の強固な意志は、作品の主題や文体にまで行きわたっていた。実際、いとこのケイティー・セムズが《賢い血》を読んで、驚きのあまり一週間寝込んでしまったということを記憶している親族たちもいる。ほかの親族たちも同じくらいのショックを受け、一体どういう方法でフラナリーが売春婦のことや町中の伝道師たちを冒涜するようなことを知ったのかということについて、好奇の目を向けていたと彼らは認めている。

もちろん、そのような手法は作者側が意図したものであった。というのもオコナーは、現代の読者たちにショックを与えて、その無関心や自己満足の状態から抜け出させて、人生最大の関心事であるべき彼らの救いについて考えさせる必要があると信じていたからである。「耳の遠い者には、大声で呼びかけ、ほとんど目の見えぬ者には、図を示すとき大きくぎくりとさせるような形に描かねばならぬ」(5)と、彼女は書いている。

オコナーの豊かな創造力によって描かれた活き活きとしたイメージと、彼女が実際に目にしていた特定の風景を結び付けるのは多分行きすぎだと思うが、オコナーの作品を知ってジョージアを訪れる人たちが必ず目にすることができるのは、赤土の道であり、長い並木の光景であり、彼女の作品の多くの舞台設定となった田舎の生活と、小さな町の一風変わった生活の雰囲気である。

ジョージアという「場所」が彼女の文学作品を推進する働きをしたと主張することは、決してオコナーの才能におけるその深さや鋭い眼識を否定するものではなく、ただ単に、場所や馴染みのあるものに対する熱烈なまでの知識が大いに彼女の役に立っていたということを証明するものである。かつて彼女自身が、たとえ自分の作品の舞台設定が日本であったとしても、登場人物たちは、ジョージアの政治家ユージン・タルマッジのようなしゃべり方をするであろうと言っていた。

オコナーの物語は勢いが増すにつれて日常の領域を離れていくが、作品における「事件」の題材は、南部の田舎に関して彼女がもっている知識に基づいている。その本質あるいは実体が、普遍的であることは言うまでもない。オコナーは「森の景色」によって、どんなに話を誇張し、風変わりに描いたとしても、すぐに南部のものと分かる人物と場面で作品を充満させることができる。それでいて、それらの人物や場面は、確実に、そして何にも増して、どこに住んでいる人が読んでも人間味にあふれ、心底親しみを感じるものとなっている。

(5) 上杉明訳『秘義と習俗―フラナリー・オコナー全エッセイ集』春秋社、一九九九年、二三二ページ。

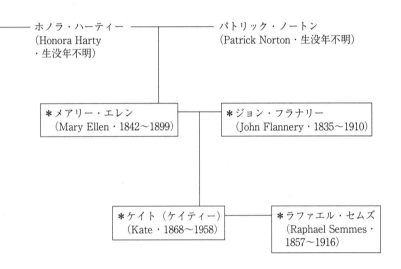

ホノラ・ハーティー
(Honora Harty
・生没年不明)

パトリック・ノートン
(Patrick Norton・生没年不明)

＊メアリー・エレン
（Mary Ellen・1842～1899）

＊ジョン・フラナリー
（John Flannery・1835～1910）

＊ケイト（ケイティー）
（Kate・1868～1958）

＊ラファエル・セムズ
（Raphael Semmes・
1857～1916）

＊フランク・フローレンコート
（Frank Bernard Von Florencourt（1887～1971））

＊マーガレット
（Margaret・c1925～2002）
＊ルイーズ（Louise・1926～）
キャサリン（Catherine・1929～2006）
＊フランシス（Frances・1932～）

＊ロバート・W・マン
（Robert W. Mann・
1924～2006）

＊印は本文中に登場する人物。

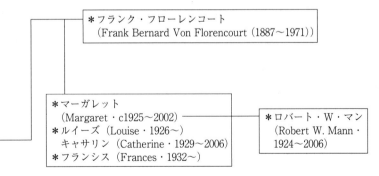

家系図（母方）

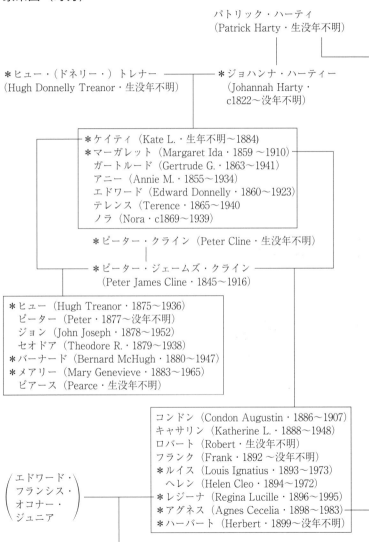

パトリック・ハーティ
（Patrick Harty・生没年不明）

＊ヒュー・（ドネリー・）トレナー
（Hugh Donnelly Treanor・生没年不明）

＊ジョハンナ・ハーティー
（Johannah Harty・
c1822～没年不明）

＊ケイティ（Kate L.・生年不明～1884）
＊マーガレット（Margaret Ida・1859 ～1910）
ガートルード（Gertrude G.・1863～1941）
アニー（Annie M.・1855～1934）
エドワード（Edward Donnelly・1860～1923）
テレンス（Terence・1865～1940
ノラ（Nora・c1869～1939）

＊ピーター・クライン（Peter Cline・生没年不明）

＊ピーター・ジェームズ・クライン
（Peter James Cline・1845～1916）

＊ヒュー（Hugh Treanor・1875～1936）
ピーター（Peter・1877～没年不明）
ジョン（John Joseph・1878～1952）
セオドア（Theodore R.・1879～1938）
＊バーナード（Bernard McHugh・1880～1947）
＊メアリー（Mary Genevieve・1883～1965）
ピアース（Pearce・生没年不明）

コンドン（Condon Augustin・1886～1907）
キャサリン（Katherine L.・1888～1948）
ロバート（Robert・生没年不明）
フランク（Frank・1892 ～没年不明）
＊ルイス（Louis Ignatius・1893～1973）
ヘレン（Helen Cleo・1894～1972）
＊レジーナ（Regina Lucille・1896～1995）
＊アグネス（Agnes Cecelia・1898～1983）
＊ハーバート（Herbert・1899～没年不明）

（エドワード・フランシス・オコナー・ジュニア）

メアリー・フラナリー・オコナー

家系図（父方）

＊パトリック・オコナー（Patrick O'Connor・生没年不明） ― ＊キャッシュ, メアリー（Mary Cash・生没年不明）

＊エドワード・フランシス・オコナー（Edward Francis O'Connor・c1869〜没年不明） ― ＊メアリー・エリザベス・ゴールデン（Mary Elizabeth Golden・c1874〜没年不明）

＊エドワード（エド）・フランシス・オコナー・ジュニア（Edward Francis, Jr.・1896〜1941） ― （レジーナ・クライン）
ジョン（John F.・c1899 〜没年不明）
＊ナン（Anna G.・c1901〜没年不明） ― （ハーバート・クライン）
フランシス（Frances H.・c1903〜没年不明）
ベンジャミン（Benjamin J.・c1905〜没年不明）
メアリー（Mary Elizabeth・生没年不明）
ダニエル（Daniel A.・生没年不明）
フィリップ（Phillip H.・生没年不明）

＊メアリー・フラナリー・オコナー（Mary Flannery O'Connor・1925〜1964）

＊印は本文中に登場する人物。

第1章

サヴァンナ

チャールストン・ストリート東207にあるメアリー・フラナリーが子ども時代を過ごした家

一九二五年三月二五日、メアリー・フラナリー・オコナーはジョージア州サヴァンナの聖ヨセフ病院で生まれた。ジョージア中部のクライン家とサヴァンナのオコナー家の間の子どもとして生まれたわけだが、両家ともジョージアにもっとも古くからある家系である。

言うまでもなく、オコナーの子ども時代のサヴァンナは、現在の町を縮小し、より田舎にしたような所であった。現在、オコナーの生まれた病院の建物はもはやなく、新しい聖ヨセフ病院のウィングは、フラナリー・

メアリー・フラナリー・オコナーが生まれた聖ヨセフ病院（ジョージア歴史協会・コードレイ・フォルツ・コレクションの好意による）

オコナーの名前の由来となったフラナリー家に敬意を表した名称が付けられている(1)。

サヴァンナは一九世紀末には賑やかな港町となり、綿花栽培の中心地となっていたが、一九二〇年代半ばから一九三〇年代初期のサヴァンナはもはやその面影を失っていた。ワタミハナゾウムシ(2)と経済形態の変化によって綿花の収穫が打撃を受け、都市の産業は著しく衰退してしまったのだ。

一九二九年の株式市場の崩壊とそれに続く大恐慌により、サヴァンナの町とともに若いオコナー夫妻の一家は大きな痛手を被ったが、親戚や友人たちの集まりであるアイルランド系カトリックの共同体で互いに支えあって何とか生活を続けた。

サヴァンナで過ごしたオコナー最初の一三年間が、その後、成熟した作家に成長していくうえにおいて重要な役割を果たしたことは言うまでもない。町自体が美しい歴史の舞台であり、オコナーの子ども時代を過ごしたチャールストン・ストリート東207の家から広場を隔てた真向かいにある荘厳な洗礼者聖ヨハネ大聖堂が、若き作家の信仰の基盤となった。

---

(1)　一九一三年に開設されたフラナリー・メモリアル・ウィングのこと。
(2)　メキシコ・米国南部に生息するゾウムシの一種で、綿の実に害を与える。

フラナリー・オコナーの生誕地ジョージア州サヴァンナの地図および市街図

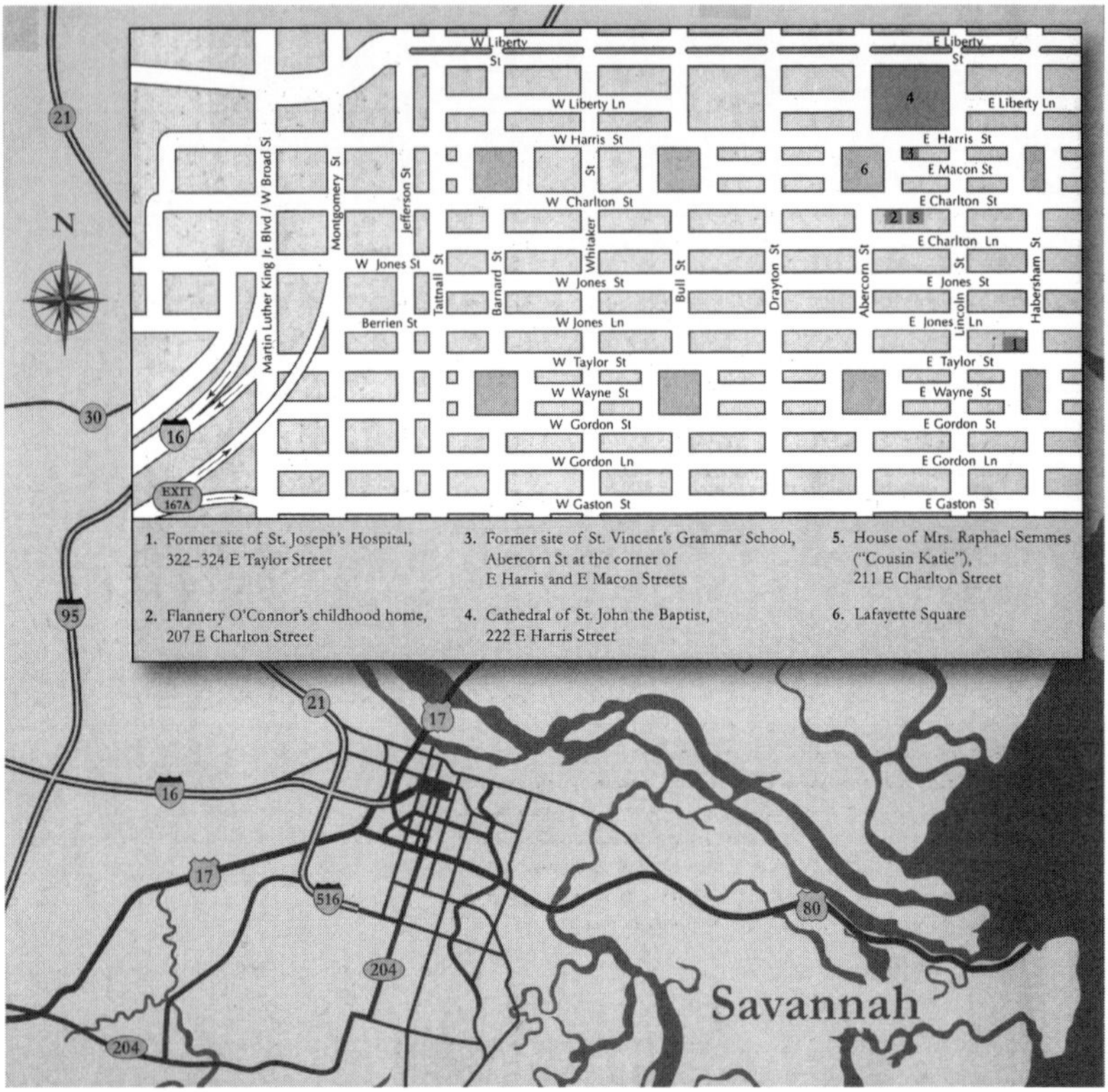

1．聖ヨセフ病院跡地

2．フラナリー・オコナー子ども時代の家

3．聖ヴィセイント・グラマースクール跡地

4．洗礼者聖ヨハネ大聖堂

5．ラファエル・セムズ（カズン・ケイト）の家

6．ラファイエット広場

フラナリー家とオコナー家

かつてフラナリー・オコナーは、冗談で「私の育った所は、あまりにもアイルランド人的な人たちのコロニーのあるサヴァンナです。最大の聖パトリック祭のパレードが至る所で行われ、どこでもその話題でもち切りになります」(3) と言ったことがある。フラナリー家とオコナー家は、実際、その「あまりにもアイルランド人的な」共同体のなかで著名な一族であった。

熱心なローマ・カトリック教徒であったジョン・フラナリーは、一八五一年、一六歳のときにアイルランドからアメリカに渡り、一八五四年にサヴァンナに移住し、事務員や経理係として働いた。南部連合軍に入隊したあと、ジョンストン将軍とフッド将軍とともに戦ったが、病気のせいで一八六五年の南軍降伏以前に軍を離れることになった。サヴァンナに戻った彼は「ジョージア州南部銀行」を設立し、社長を務めている。

彼はまた現役の鉄道会社の重役および綿花の仲買人でもあり、一八七〇年、洗礼者聖ヨハネ大

(3)　一九六三年七月二五日付のジャネット・マッケイン宛の書簡のなかにこの言葉が記述されている。(*The Habit of Being*, p. 531　田中訳)

図1　第1章で言及されるフラナリー家の家系図

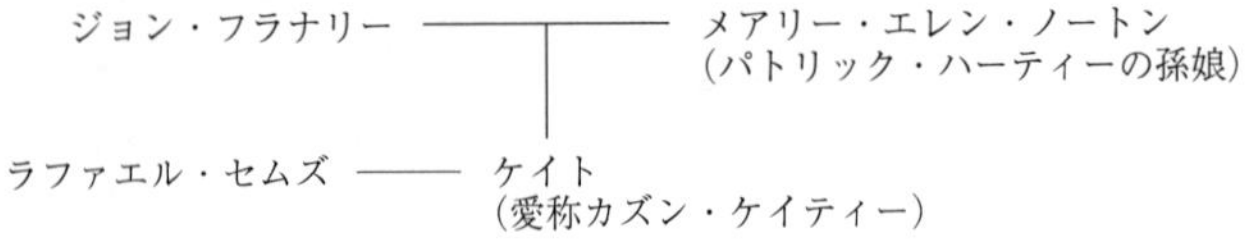

図2　第1章で言及されるオコナー家の家系図

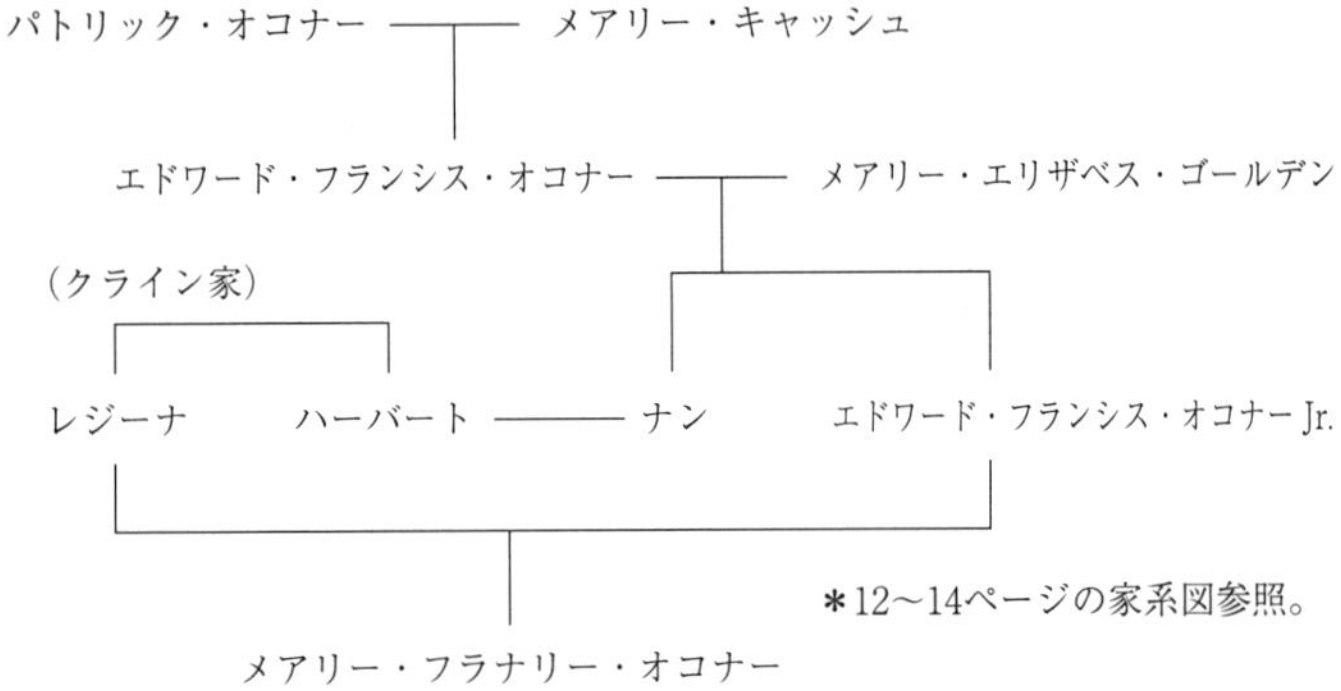

聖堂の建築の援助をしたほか、一八九八年に大聖堂が火事になると、教会再建のために建設委員会のメンバーとしても尽力した。

　ジョンはパトリック・ハーティーの孫娘メアリー・エレン・ノートンと結婚し、二人の間に生まれた娘ケイトは、南部連合軍の将軍［ポール・ジョーンズ・セムズ］の甥ラファエル・セムズと結婚している。このケイトがフラナリーの慕う「カズン・ケイティー」のことで、チャールストン・ストリート東にあるエド・オコナーとレジーナの家の隣に住んでいて、若い一家を経済的に支えていた。

　メアリー・フラナリー・オコナーと

いう名前は、父方の血を継ぐフラナリーの系列、とくにカズン・ケイティーを讃えるために、ケイトの母メアリー・ノートン・フラナリーにちなんで名付けられたものである。

当時、サヴァンナには二、三台しかなかった電気自動車の一台を運転していたという強固な意志をもつ女性カズン・ケイティーは、エド・オコナーの家の不動産所有権を所有しており、オコナー一家が一九三八年にサヴァンナを発つことになったとき、まだ借金の支払いを終えていなかったエド・オコナーは、その家をカズン・ケイティーに明け渡している。その後、カズン・ケイティーが一九五八年に亡くなると、チャールストン・ストリートにあるその家はフラナリー・オコナーに遺贈され、それをリフォームしたフラナリーは一九六四年に亡くなるまでアパートとして賃貸に出していた。

パトリック・オコナーもまた、一九世紀後半にアイルランドからサヴァンナに移住してきている。パトリックはフラナリー・オコナーの曽祖父にあたり、車

サヴァンナのカトリック共同墓地。フラナリー家の墓所にあるジョン・フラナリーの記念碑

の製造や修理を行っていたが、やがて四輪車や馬車をつくるようになった。彼の経営する車の製造・修理店は、サヴァンナのプレジデント・ストリートとヨーク・ストリートの間のブロード・ストリート東にあった。

パトリックはメアリー・キャッシュと結婚し、彼女との間に一〇人の子どもをもうけた。彼の息子のうちの一人であるエドワード・フランシスがフラナリーの祖父であり、サヴァンナで著名な銀行家・実業家になった。彼の家は、今もギネット・ストリート西115に現存している。

エドワード・オコナーはメアリー・エリザベス・ゴールデンと一八九四年に結婚し、八人の子どもをもうけた。エドワード・オコナーの娘ナン［アンナ］がレジーナ・クラインの弟ハーバート・クラインと結婚し、その後すぐ、一九二二年にエドワードの息子、「エド」という名で知られているエドワード・フランシス・オコナー・ジュニアがハーバートとナンの結婚式で知り合ったレジーナと結婚した。彼らの結婚式は、ミレッジヴィルの聖心教会で執り行われている。

エド・オコナーはサヴァンナのカトリック学校に通い、メリーランド州［フレデリック郡］エミツバーグのマウント・セント・メアリー・カレッジを卒業した。一九一六年、第一次世界大戦で兵役に就き、フランスでの従軍で功績を立てている。戦後は父親の仕事を手伝い、キャンディとタバコの独占販売権をもつ営業所を経営し、ついにはメアリー・フラナリー誕生のお祝の贈り物として、ケイティー・セムズ［カズン・ケイティー］が融資してくれたお金でサヴァンナにおいて不動産業をはじめた。「ディクシー不動産会社」という社名で、すぐにディクシー建設会社も傘下に加えて、一九三三年、「フルトン・カンパニー不動産業協会」の会長になった。

しかし、エド・オコナーは、不動産販売よりも米国在郷軍人会での仕事のほうに興味をもち、チャタム第三六在郷軍人会地方支部の司令官、(4)および退役軍人行政審議会議長を務めた。のちにジョージア州米国在郷軍人会の司令官として各地を回り、(5)演説を行っている。彼の一人娘であるフラナリーは、のちにそれについて回顧して、「父の愛国心は私の誇りだった」と言っている。

父と娘は非常に仲がよかった。数年後に書いた手紙のなかで、感謝の意を込めてフラナリーが述べていることだが、父はいつもポケットの中に彼女が子どものころに描いた絵をいくつか入れて「持ち歩いて」いたということである。

「ほとんどニワトリの絵ばかり描いていました。尻尾から描きはじめるのです。同じニワトリの絵を……繰り返し描いていました。それと、思いついた詩を書くこともありました。父は作家に

---

(4) チャタムは支部の所在地であるジョージア州東部の地名。在郷軍人会は第一次世界大戦およびその後の戦争の退役軍人の会で、一九一九年に設立された。

(5) 帰還兵士を会員とする愛国者団体で、一九一九年に議会で認可された。管区が全米各州とコロンビア特区、プエルトリコ、フランス、メキシコ、フィリピンにあり、全部で一四〇〇の地方支部がある。二〇一四年現在、会員は約二四〇万人に上る。（参照 http://www.legion.org/）

なりたかったのですが、時間も、お金も、訓練をする機会もなく、私が恵まれたような機会には恵まれませんでした」と、フラナリーは言っている。

さらに申し添えて言うには、「私は父の欠点も好みも、ほとんどを受けついでいるので、父を美化する気はありません。体質もほとんどおなじで、病気まで受けついでいます。……父のころには治療の方法がなく、葬儀屋に頼むしか手の打ちようがありませんでした。……ともかく、書く仕事にかかわっていて、父が自分でやりたかったことを今、私が成就しているのだと思うと、とても幸せな気持ちになります(6)」ということである。

一九三八年、エド・オコナーは連邦住宅局(7)の不動産鑑定士に任命された。父としては

メアリー・フラナリーの両親、エドワード・F・オコナーとレジーナ・クライン・オコナー（ジョージア・カレッジ＆州立大学フラナリー・オコナー・コレクションの好意による）

家族を連れてサヴァンナを出るつもりはなかったが、一家三人、彼の仕事のためにアトランタへ引っ越すことになった。

フラナリー・オコナーの子ども時代の家

ラファイエット・スクエア、チャールストン・ストリート東20にある「フラナリー・オコナーの子ども時代の家」は、伝統的な造りの、飾り気のないテラスハウスである。この家は、一九八九年に新設された「フラナリー・オコナーの子ども時代の家財団」によって購入されている。アームストロング州立カレッジの学長ロバート・バーネットと、同カレッジのヒュー・ブラウン教授とロバート・ストロツィアー教授の尽力によるものである。現在、ここを訪れる人たちのために開放されており、文学関係の催し物のための集会所という役目も果たしている(8)。

(6) 横山貞子訳『存在することの習慣』筑摩書房、二〇〇七年、一一七〜一一八ページ（一部、田中改訳）。
(7) 原著には「Federal Housing Authority」と記載されているが、それが設立されたのは一九七三年なので、本文の内容と矛盾する。一九三四年に設立された「Federal Housing Administration」のまちがいであると思われる。
(8) 詳細は次のホームページ参照。http://www.flanneryoconnorhome.org/main/Home.html

この家を訪れることで、フラナリー・オコナーの読者や研究者たちは有益な洞察を得ることができるかもしれない。財団の理事会は、この三階建ての家に、一九二五〜一九三八年ごろに使われていた備品をたくさん展示している。そのなかには、レジーナ・オコナーが娘のために使っていた大きなベビーカーや「キディー・クープ」と呼ばれる風変わりなゆりかごなどもある。両親の寝室があった二階に置かれているゆりかごには、四方と上部に虫除け（とくに雨季の蚊除け）のための網戸が付けられている。

メアリー・フラナリーの寝室は両親の部屋の隣にあり、オコナー家で実際に使っていたツインサイズのベッドと、遊戯用テーブルと椅子が備え付けられている。三階（現在、立ち入り禁止）には、水道管はつながっていないが、かぎ形の足の付いた浴槽がある。子ども時代、幼いメアリー・フラナリーと友達は好んでここに腰を下ろして本を読んだようだ。子ども時代のある友人の回想によれば、メアリー・フラナリーは友達に本を読んでもらうのが好きで、ある箇所を「もう一回、繰り返し読んでほしい」と頼むことがよくあったということだが、読まされた子どもにしてみれば、物語の流れが分からなくなってしまうのでとても嫌なことだったという。若き作家は、当時からすでに、物語のもつ力に想像力を掻き立てられていたのだろう。

別の友達の回想によると[9]、このころ、レジーナが毎週土曜日の朝、ラジオ番組『ごっこ遊びをしよう（Let's Pretend）』を聞きにいらっしゃいと、メアリー・フラナリーの友達をオコナー家のリビングに招き、放送終了後には、台所からおやつを持ってきてくれたという。メアリー・フラナリー自身は親によってしっかりと隔離され、保護されていたわけだが、こうした付き合いは幼い彼女の想像力の糧となり、次第に境界を拡張していったと思われる。何人かの友達は、心配性のレジーナが娘と一緒に遊んでもよい子どものリストをつくっていて、リストに載っていない子どもはオコナー家には入れてもらえなかったと記憶している。

裏のポーチおよびチャールストン・ストリートにある屋敷の裏庭（当時は土）だった所に、メアリー・フラナリーの可愛がっていたアヒルとニワトリが住んでいた。そのうちの一羽が、彼女が後ろ向きに歩くことを教えた「縮れ毛のニワトリ」（羽が逆向きに生えているためそう名付けられた）だった。そのニワトリは、一九二〇年代後半の『パテ・ニュース』という映画で短いニュースとして取り上げられている。[10] 子どもだったメアリー・フラナリーも、短い場面ではあるが、

（9）　ナイラ・マック（Nila Mack,1891～1953）監督によるCBSの子ども向けラジオ番組。一九二八年一〇月二七日に『ジミーおばさんとトッティーヴィルの子どもたち（Aunt Jymmie and Her Tots in Tottyville）』という番組名ではじまり、一九二九年二月二三日まで一八回放送されたのち何回か番組名が変わり、最終的に一九三四年三月、『ごっこ遊びをしよう』という名前に変わった。一九五四年一〇月まで続き、「美女と野獣」「シンデレラ」「ランペルスティルツキン」「眠れる森の美女」「おやゆび姫」など有名な童話が放送された。ピーボディ賞などの賞を受賞している。次のサイトを参照。当時の音声を聞くことができる。https://archive.org/details/Lets_Pretend　http://www.oldtimeradiodownloads.com/children/Lets-Pretend/

メアリー・フラナリーの乳児期に使われた「キディ・クープ」と呼ばれたゆりかご

メアリー・フラナリーの乳児期に使われたオコナー家の乳母車

チャールトン・ストリートに現存するラファエル夫人（カズン・ケイティー）の家

そのニワトリと一緒に微笑ましく映っている。この映像は、現在、ミレッジヴィルのジョージア・カレッジ&州立大学のオコナー・コレクションで観ることができる。

ところで、なぜオコナーは普通の犬や猫でなく、ニワトリをペットとして飼っていたのだろうか？　その理由として、メアリー・フラナリーが猫と犬をひどく恐れていたからだという親戚もいれば、レジーナ・オコナーが娘に黴菌が感染することを恐れていたからではないかと言う親戚もいる。理由が何にせよ、終生オコナーの家庭環境の一部であり続けたのは鳥類だった。そのなかでもっともよく知られていたのが、ミレッジヴィルの農場「アンダルシア」にたくさんいた孔雀で、フラナリーと言えば孔雀を連想することもしばしばである。

誰に聞いても、子ども時代のメアリー・フラナリーは、きわめて過保護に育てられていたということで証言は一致している。サヴァンナ時代の友達の思い出によれば、父親が彼女を溺愛していたが、二人が公衆の面前で一緒にいる姿を見ることは滅多になかったという。もっとはっきり言えば、チャールストン・ストリートに住んでいたころから母親が家庭の実権を握りはじめており、母権的な家庭環境のなかでフラナリーは作家としての形成期を過ごしたということである。

(10)　フランスの映画製作・配給の先駆者であるチャールズ・パテ（Charles Pathé,1863～1957）が一九〇九年にフランスで、一九一〇年にアメリカで製作を開始したニュース映画のこと。

メアリー・フラナリーの子ども時代の寝室

居間。テーブルの上にあるのはラファエル・セムズの写真

オコナーの共同体

メアリー・フラナリーは、一九三一年、聖ヴィンセント女子グラマースクールに入学した。その学校は慈愛修道女会[11]が経営しており、厳格な規律ある雰囲気のなかで地域のカトリックの幼い子どもたちに教育を施していた。

レジーナ・オコナーは娘を、通りの真向かいにある聖ヴィンセントまでのほんのわずかな道のりを送っていった。洗礼者聖ヨハネ大聖堂の隣にある、大きな広々とした建物が校舎だった（もともとは教会の事務所の建物だった）。聖ヴィンセントでメアリー・フラナリーは、ボルチモア公教要理[12]と信仰教義を教えられた。ちなみに、フラナリーの短編小説《長引く悪寒》のなかでフ

（11）（Sisters of Mercy）一八二七年、アイルランドのダブリンで平信徒だったキャサリン・マコーレー（Catherine McAuley, 1778～1841）が当初女性の教育と住居のために創設した「慈愛の家（House of Mercy）」が、ダブリンの司教の忠告を受けて発展して一八三一年に創設された。一八四三年にアメリカに渡っている。http://www.sistersofmercy.org/about-us/our-history/ 参照

（12）（Baltimore Catechism）一八八五年から一九六〇年代後半まで、アメリカのカトリックの学校で標準的に使用されていたキリスト教要理のテキスト。

聖ヴィンセント女子グラマースクール。メアリー・フラナリーの初めて通った教区立学校（1931〜1936年)。（ジョージア歴史協会の好意による）

聖心グラマースクール。メアリー・フラナリーが２番目に通っていた教区立学校。（ジョージア歴史協会の好意による）

ィン神父が主人公の青年アズベリーにしたように、もちろん彼女も同じ質問をされている。

一九三六年の新学期にメアリー・フラナリーは、家から少し離れたアバコーン・ストリートにある聖心グラマースクール（建物は現存しない）に転校し、一年間通った。カズン・ケイティーの電気自動車を借りて、レジーナ・オコナーが送り迎えをしていた。クラスメートたちは、毎日午後になるとその車がやって来るのを心待ちにしていたことを覚えているという。

この学校のメアリー・フラナリーの教師たちは、キャロンデレット聖ヨハネ修道女会[13]の修道女であった。メアリー・フラナリーの転校の理由は定かでない。友人や親戚のなかには、聖ヴィンセントの修道女たちが厳しすぎたことがその要因だったのではないかと言っている人がいる一方で、聖心グラマースクールのほうが近所の聖ヴィンセントよりもしつけが厳しく、少し上品だったからだと断言している人もいる。

いずれにしても、聖心グラマースクールにいる間、メアリー・フラナリーはガール・スカウトに入って、絵を描き、物を書き、貪欲に本を読み、しばしば本の見返しの部分にメモを書き続けた。ルイス・キャロルの『不思議の国のアリス』には、「ああ怖かった、この本はもう読みたく

（13）（Sisters of St. Joseph of Carondelet）一六五〇年フランスに創設された聖ヨハネ修道女会（Sisters of St. Joseph）が、一八三六年にアメリカに渡り、現在のミズーリー州セントルイスの近くのキャロンデレットにつくった修道女会。原著の「Corondolet」はまちがい。http://www.csjla.org/default.aspx 参照

ない」』、シャーリー・ワトキンズの『*Georgina Finds Herself*（自分を見つけたジョルジーナ）』には、「これまで読んだなかでピノキオに次ぐ最悪の本だわ」、ルイーザ・メイ・オールコットの『小公子』には、「一級品、素晴らしい」と書いてある。この若き作家が、ファンタジーにはほとんど興味をもたなかったことだけは確かである。

毎年夏になると、レジーナとメアリー・フラナリーは、ミレッジヴィルのレジーナの生誕地と子ども時代の家をよく訪れ、そこでクライン家のさまざまな親類と知り合い、のちに彼女が暮らすことになるジョージア中部の町でのんびりと夏を満喫した。一〇歳のとき、メアリー・フラナリーは「My Relatives（私の親戚）」(14)という小さな本をイラスト入りで書いて、風変わりな大家族を喜んでいる様子を明らかにしている。

エッセイ《小説の本質と目的》のなかでフラナリーは、「作家がみな、外に出て人生について直接に資料を集めることもせず、大学に籠ってとりすました暮らしをしているのは嘆かわしい、という声をこのごろよく聞く。子供時代をぶじに生きてきた人であれば、それで残りの一生のあいだ十分間に合う。わずかの経験から何かを生み出すことができない人なら、多くの経験をもとにしても大したものは作れまい。作家の本務は、経験をじっくりながめることであって、その中にどっぷりつかることではないのだ」(15)と断言している。ここでフラナリーが言っているのは、必ずしも幼少期に体験する印象的・劇的な出来事のことではなく、成長期に子どもの心に刻み込ま

修道院が描かれている作品

シスター・パーペチュアが講話をしたの。メイヴィルの慈愛修道会でいちばん年長の修道女なのね。もしも若い男性が――そこで笑いの発作が起こって、二人はそれ以上つづけられなくなった。あんまり笑ったので、もう一度はじめからやりなおすほかなくなった。――もしも若い男性が――二人は頭をひざにつけた――女性はどうふるまうべきか――二人は終いに声をしぼりだした――万一、若い男性が車の後部座席で紳士らしくない行為をしようとした場合は、こう言いなさいって。「やめてください。私は聖霊のやどる宮です！」（横山貞子訳「聖霊のやどる宮」『フラナリー・オコナー全短篇（上）』筑摩書房、2003年、98ページ）

れる真理のことである。

フラナリーは、熱心なカトリック地域の熱心なカトリック家庭の一人っ子であったが、このように、同じような人たちが住む保護された環境にあっても、

(14)　本文にあるように、メアリー・フラナリーは子ども時代、毎年夏、母レジーナに連れられてミレッジヴィルに行き、クライン家のたくさんの親戚たちと過ごしていた。「私の親戚たち」という作品は、そうした親戚たちを「風刺の才を活かして」描写したイラスト入りの小品集で、彼女が初めて書いた本とされている。「父親がワクワクしながらタイプや製本の手伝いをした。一連の人物描写が大変詳しく描かれ、あまりに実物どおりなので……いとこも姪もそこに描かれているのが自分たちであることを認めようとしなかった」(Brad Gooch, *Flannery: A Life of Flannery O'Connor*. New York: Little, Brown and Company, 2009. p. 39　田中訳)

(15)　『秘義と習俗』八〇ページ。原著の引用の文脈と意味を明確化するために、前後の文章を追記した。

人生の深遠な教訓をたくさん吸収した。たとえば、ときどき母親に連れられてサヴァンナにある修道女経営の「女子孤児院聖母マリアの家」を訪れたことがあるが、そのことについてフラナリーは、晩年、友人のベティ・ヘスター宛の書簡で次のように書いている。

子どものころ、(その孤児院は)物寂しい通りにあるキーキー音のする建物の中にあった。私は時折連れられて、シスターや両親を失った遠い親戚に会いに行っているが、たぶん有益な教訓となるようにと連れていかれたのだろう。「何を感謝しなければいけないか分かるでしょう。もしもあなただったら、云々」といった母からの教訓は、いかに私の想像力をかきたてたことか。

この手紙のうしろのほうで、彼女は次のように書き加えている。

私は、少なくとも想像上の孤児院にずっといました。それはたぶん、初めて地獄を見る機会だったと思います。地獄とは愛のないことであると、子どもには本能的に分かるものなのです。(16)

オコナーの作品を読んでいる読者のなかには、若い登場人物たちのかかえる深い孤独感をすぐに思い出す人もいるだろう。《障害者優先》のノートン、《河》のハリー／ベベル、また《森の景色》の、見た目はさえないが聡明なメアリー・フォーチュン・ピッツたちの孤独を。オコナーの作品のすべてに何度も出てくるはっきりとしたテーマは、子ども時代の地獄のように不毛な愛情のない生活と、愛情の欠如に対する［心理的な防衛機制として］子どもが行う補償行為である。これを拡大解釈すれば、作品のなかにあらゆる方法で表されている居場所の喪失という重要なテーマは、愛の欠如というテーマと完全に関連していると言っていいのではないだろうか。

そもそもオコナーの目には、原罪と堕落により、私たちはみな居場所を失ったものであり、孤児であり、神の愛から遠ざかってしまっている存在なのである。キリストの苦しみと死と復活を通じて私たちに与えられる恩寵によってのみ、私たちは信仰を通じ、神との正しい関係の回復を経験し、再び神の子となり、神の国の正当な相続人となることができる。フラナリー・オコナーは愛情と思いやりに満ちた子ども時代を過ごしたわけだが、愛のない生活というものがどんなものであるかについて、かなり早い時期から理解することができたわけある。

（16）　一九五七年一〇月五日付のベティ・ヘスター宛の書簡。（*The Habit of Being*, p. 244, 田中訳）

洗礼者聖ヨハネ大聖堂

フラナリーの子ども時代を過ごした家の前の広場のちょうど向こう側に、畏敬の念を起こさせる壮大な洗礼者聖ヨハネ大聖堂がある。メアリー・フラナリー・オコナーは、この大聖堂で一九二五年四月一二日に洗礼を受け、一九三二年五月八日に初聖体を受け、一九三四年五月二〇日には堅信の秘蹟を授かっている。(17)

サヴァンナの最初の教区である洗礼者聖ヨハネ教区をつくったのは、一八世紀後半のフランス人カトリック教徒の移住者たちであった。一七九九年五月三〇日、サヴァンナの市長と市会議員たちは、リバティー広場の信託物件の土地半分を信徒たちの用途のために保存しておき、その一年後に洗礼者聖ヨハネ教会の小さな建物が建設された。教区が成長し、一八三五年にもともとの教会に代わり、もっと大きな教会がペリー・ストリートとマクダヌー・ストリートの間に建てられた。その教区には、ジョージア州の全カトリック人口のおよそ三分の一がいた。(18)

一八二〇年以来、ジョージア州はチャールストン教区の一部であったが、サヴァンナ教区は法王ピウス九世によって一八五〇年につくられたのがそのはじまりである。教区には、ジョージアのすべてとフロリダのほとんどが含まれる。その後、洗礼者聖ヨハネ教会が教区内の主要教会となったが、当時、サヴァンナで唯一のカトリック教会であった。

一八七〇年、教区の管轄エリアはジョージア州だけとなり、三〇の教会と約二万人のカトリック信者がその管轄下にあった。このころ、サヴァンナの第四代司教イグナチウス・ペルシコ神父が新しい大聖堂の建築計画をはじめ、献堂式はボルチモアの大司教ジェイムズ・ルーズベルトによって一八七六年四月三〇日に執り行われている。

そして、一八九六年に尖塔の建設を終え、フレンチ・ゴシック形式(19)の大聖堂がついに完成した。会衆を収容する聖堂の中心部である身廊《しんろう》、および身廊と直角に交わる袖廊《そでろう》の荘厳さが、三列になったアーチを支える銅色の鉄柱によって一層引き立っていた。中央祭壇も、脇祭壇も、イタリアの白い大理石であった。当時、全米にこれほど荘厳な建築物はまずなかったと言ってまちがいない。

---

(17)　これらはカトリックでは「秘蹟」または「サクラメント」と呼ばれ、目に見えない神の恵みを仲介する目に見えるしるしとされており、洗礼・堅信・聖餐・赦し・終油（病者の塗油）・叙階・婚姻の七つの秘蹟がある。

(18)　サヴァンナの詳細な道路地図については、サヴァンナ商工会議所の次のサイトが参考になる。http://www.savannahchamber.com/images/userfiles/sav_hd.pdf

(19)　一一四〇年から一五〇〇年ころまでフランスではやっていた建築様式。パリのノートルダム大聖堂がその様式を代表する建築物。

洗礼者聖ヨハネ大聖堂内の洗礼盤と礼拝室

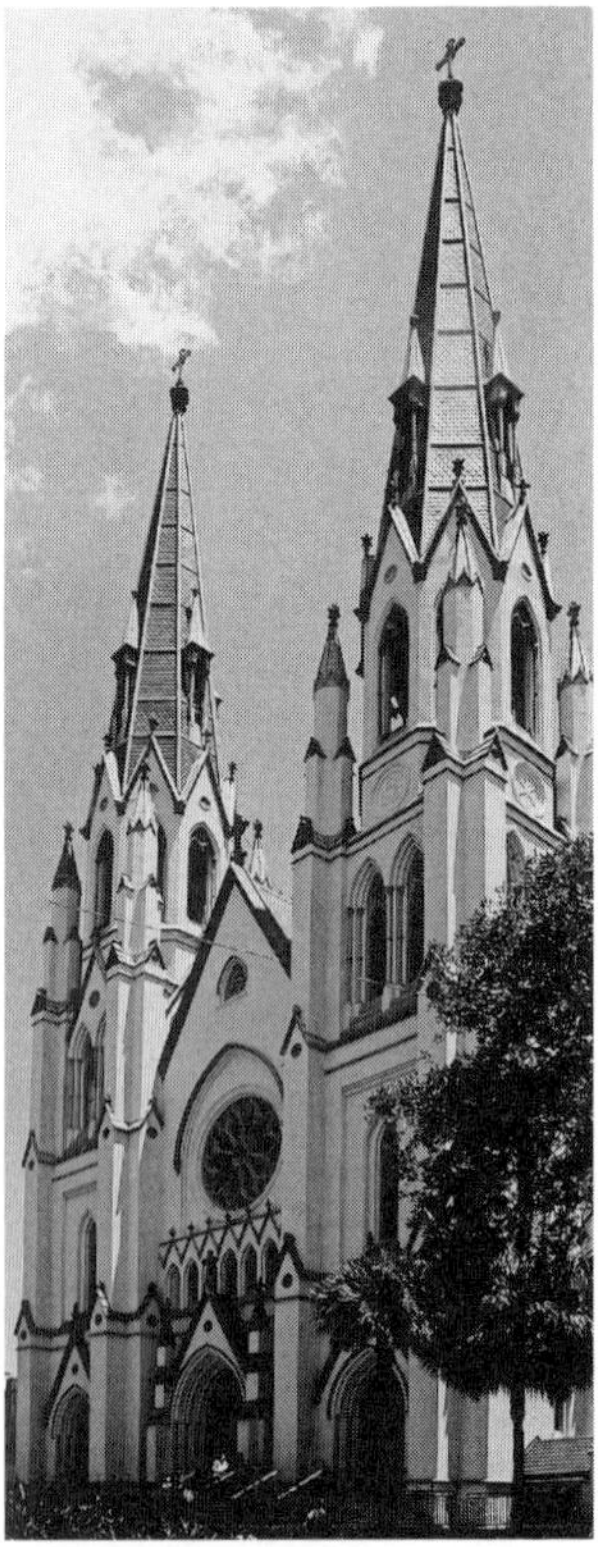

現在の洗礼者聖ヨハネ大聖堂

しかし、悲劇が襲った。一八九八年二月六日、大聖堂は何千人もの人が見守るなか、火事によってそのほとんどが焼失した。司教の住居と外壁、二本の尖塔以外、何も残らなかった。直ちに再建計画がもちあがり、一八九九年一二月二四日、ベンジャミン・ケイリー神父によって再建された大聖堂の地下にある礼拝堂で最初のミサが行われている。

一九〇〇年に献堂式が再び行われ、それに続いて大聖堂の改装工事が行われた。サヴァンナで尊敬を集めていた美術家クリストファー・マーフィーが計画・指揮した壁画がステンドグラスのように設置され、そこには、洗礼者聖ヨハネの一生、キリストの昇天、聖母マリアの被昇天の様子が描かれている。教会正面のバラ窓(20)は四葉飾りで、中央に音楽の守護聖人聖セシリアが描かれている。そのほか、歌を歌い、楽器を演奏する天国の人物たちがその絵の中央部から放射状に描かれている。

大聖堂の右側最後部の窓が火災前の大聖堂の一部であったと知った訪問者は、興味をかきたてられるかもしれない。その「新しい」窓は、オーストリア・チロルのインスブルック・ガラス職人たちが造ったものである。カトリック教徒にとって、キリストの受難を追体験するために重要

(20)「トレーサリー」と呼ばれる石の縁取りがバラのように形作られている、上部中央にはめられたゴシック様式の巨大な円形の採光窓。

なものとされる「十字架の道行きの留《りゅう》」(21)は、色彩の豊かなバイエルン製の木彫品である。また、「司教座」と呼ばれる司教の椅子も、その当時に加えられたものである。

大聖堂は一九一二年に正式に再開し、一九二〇年に聖別された。それは当時、教会に債務がなくなったときにのみ行われる行事であった。洗礼盤と主祭壇は、ともに二〇〇〇年に設置されている。洗礼盤は、イタリア中部トスカナ州西北部の町カラーラで彫刻されたもので、中心部にアイルランド人の永遠の象徴である「ケルトの結び目」模様が描かれ、洗礼者ヨハネの「水でバプテスマを施すために私を遣わされた方、その方こそは聖霊でバプテスマを施される方である」という言葉がラテン語で書かれているのが特徴である。

そのほかの改装工事は一九五九年から一九六三年の間に行われ、入り口に広場が設けられ、現代的な冷暖房・照明設備が設置された。ちなみに教会の色は、一八九八

十字架の道の第５・第６の留

年以前の色に似るように変更されている。その後、一九八七年、全体がホワイト・オーク材でできていて、クログルミで飾りつけされたノアック社製のトラッカー式オルガン(22)が備え付けられた。さらに重要なことは、ヴァチカン第二公会議(23)による礼拝式の変更にあわせて、一九八〇年代に主祭壇が背景に用いられるようになった一方で、教会史上初めて、新しい

(21)　キリストの苦難を表す一四の像のこと。カトリック教会では、イエスの裁判から十字架上での死に至るまでの苦難の歩みを示す一四の場面が絵画やレリーフとなって聖堂内に並べかけられているが、それぞれを「留《りゅう》」という。信徒は留の前で祈ることにより、キリストの苦難を追体験する。次のホームページが参考になる。http://www.pauline.or.jp/prayingtime/michiyuki04.php

(22)　ノアック社は、マサチューセッツ州ジョージタウンにあるオルガン製作会社（http://www.noackorgan.com/history/）。トラッカー式オルガンとは、オルガニストが自分の指で直接演奏するという昔からの技法によって演奏するもの。

(23)　教皇ヨハネ二三世が召集し、パウロ六世が引き継ぐ形で一九六二〜一九六五年に開催された第二一回公会議。全世界のカトリック司教と諸教会の代表者が史上初めて参加し、カトリック教会の現代化を主要議題とし、その他、信教の自由・正義と平和の重要性などについて話し合われ、宣言が発表された。原著「Pope John XIII」は「Pope John XXIII」のまちがい。

洗礼盤の内側の「ケルトの結び目」模様

作品に描かれたミサの一風景

女の子は母親と例の修道女のあいだでひざまずいた。全員で唱える「タントゥム・エルゴ」が進むうち、意地のわるい気持ちが消えて、女の子は自分がまことにいます神の御前にいることを実感した。意地わるにならないように、どうぞお助けくださいと、機械的に祈りはじめた。母に口答えをしないようにお助けください。生意気な話かたをしないように、どうぞお助けください。(「聖霊のやどる宮」『フラナリー・オコナー全短篇(上)』112〜113ページ)

祭壇での司式の際、司祭が会衆のほうに顔を向けるようになったことである。[24]

新しい主祭壇には、ラテン語で「幸いなるかな、子羊の夕食に招かれたるものは」という碑文が刻み込まれており、フラナリー・オコナーにとって聖餐式がいかに重要であったかということを、教会を訪れる人に気付かせる役目を果たしている。

大火から一〇〇年後の一九九八年、サヴァンナの第一三代司教であるJ・ケヴィン・ボランド大司教が大聖堂の大改装を要請し、ウィリアム・O・オニール神父に現場監督を依頼した。この改装では、五〇以上のステンドガラスの窓を取り外して掃除し、再び鉛で窓枠に止められたほか、スレート屋根の交換や室内の改装が行われた。二〇〇〇年一一月、そのプロジェクトは完了し、サヴァンナ教区一五〇周年と一九〇〇年に行われた大聖堂再献堂一〇〇周年記念にちょうど間に合っている。

二〇〇三年、放火魔により、主祭壇のちょうど右側にあった説教壇が破壊された。燃えた説教壇に代わって、福音書の四人の著者の彫刻を特徴とする精密な説教壇の複製品が置かれた。

この荘厳な教会が、メアリー・フラナリー・オコナーの幼少期の宗教の中心であった。時に、少しばかり社会的習慣に従わなかったことを除けば、誰に聞いても彼女は忠実で、敬虔な子どもだった。この美しい巨大で神聖な場所が、神を恐れる繊細な子どもに一体どのような感動を与えたのかということについて、十分満足できる説明をすることは誰にもできそうにない。

自伝的な要素が少し入ったオコナーの短篇小説《聖霊の宮》は、その子どもが神を喜ばせたいという願いをもっていることと、サクラメントに善を行う助けをする力があることを確かに証言している。物語の結末で、その子どもが修道女に抱き締められて、修道女のベルトにぶら下がっている十字架が顔に押し付けられるとき、もっとも正直で魅力的な登場人物の一人の心にキリストの刻印が刻まれたことを、私たちが実際に感じ取ると言ってもさしつかえないだろう。

---

(24) カトリック教会は、伝統的には司祭が会衆に背を向けて祭壇に向かってラテン語で語り、侍者とのラテン語による祈りの応答を行う一方で、会衆は文語体の祈祷書によって祈りを奉げるという形式をとり、祭壇での祈りと会衆の祈りとは完全に切り離されていたが、第二ヴァチカン公会議以降この形式に変わり、司祭は会衆のほうを向き、祭壇での祈りと儀式の文句も、会衆の祈りも、各国の言葉で唱えられるようになっていった。

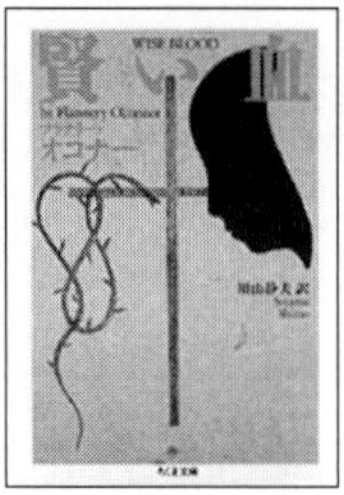

真理の不在を説く主人公

「さまざまな種類の真理があるとわたしは説く。あなたがたの真理もあるし、だれかほかの人の真理もある。だが、そういうあらゆる真理の背後には、ただ一つの真理しかない。そしてそれは、真理などというものはない、ということだ」と彼は大声で言った。「あらゆる真理の背後に真理はないということ、それがわたしと、この教会とが説くことだ！　あなたがたがもといた場所はもうなくなった。あなたがたが行こうと思っていた場所は、そこにはなかった。そして、あなたがたが今いる場所は、あなたがたがそこから出られないかぎりは、なんの役にも立たない。あなたがたがいるべき場所はどこにあるか？　どこにもない。」（須山静夫訳『賢い血』筑摩書房、1999年、168〜169ページ）

子どものころのオコナーは、多くの子どもの場合と同じように、とくに修道女たちによってしつこく悩まされたが、教会の拘束に反発することは決してなかった。同様にはっきり言えることは、メアリー・フラナリーは、生涯にわたって彼女を支え続けることになる教会の確固とした教えを受けていたということである。

第2章

ミレッジヴィル

ゴードン＝ポーター＝ワード＝ベル＝クライン＝オコナー＝フローレンコート邸

フラナリー・オコナーは、子ども時代、夏ごとに訪れていたミレッジヴィルのグリーン・ストリートにあるクライン家の大きくて快適な家に、一九三八年からジョージア州立女子カレッジを卒業する一九四五年まで住むことになるなどとは思ってもいなかった。

父エド・オコナーは一九三八年に家族を連れてアトランタに引っ越し、ポトマック・アヴェニュー二五二五の家（現存していない）に住んだ。メアリー・フラナリーはノース・フルトン高校に短期間通ったが、これが彼女にとっては初めての公立学校での経験となった。レジーナとメアリー・フラナリーはアトランタに一年以上住んでいたが、都会生活はやはり彼女らの嗜好にあわず、二人だけでミレッジヴィルにあるレジーナの実家に引っ越した。

アトランタに一人残ったエド・オコナーは、毎週末、アトランタから自動車に乗って彼女らに会いにやって来ていた。ところが、アトランタにいる間に全身性エリトマトーデスが発症してしまったので、ミレッジヴィルの妻子と一緒に住むことになり、その三年後となる一九四一年にそこで亡くなっている。エド・オコナーは、ミレッジヴィルのメモリー・ヒル共同墓地に埋葬された。墓地は、クライン家からわずか二ブロックの距離であった。父が亡くなったとき、メアリー・フラナリーは一五歳であった。

エド・オコナーの死は妻と娘にとっては大変な衝撃だった。メアリー・フラナリーは、当時、ピーボディー高校の生徒であった。おそらく父親を失ったことが原因であると思われるが、彼女

郷に入りてはミレッジヴィルに従え

　男女が別々の風呂で体を洗うことを習慣としている歴史あるミレッジヴィルよりご挨拶します。……不適応性というのも、時によっては美徳である場合もあるのです。もしも私が日本にいたら、旅行中［そのような男女混浴の］風呂に入ったりしなかったでしょうから、日本を出る前にかなりの高潔な人間になっているかもしれません。私の規範は、郷に入りてはミレッジヴィルに従え、です。（1957年５月19日付のマリヤット・リー宛の書簡、*The Habit of Being*, p. 220　田中訳）

はその後ミレッジヴィルに残ってジョージア州立女子カレッジに通った。そして、アイオワ州立大学芸術学修士課程を修了してから数年後の一九五〇年、メアリー・オコナーは再びミレッジヴィルに戻り、父を死に至らせた同じ病にかかり、絶えず母に見守ってもらわなければならない状態となった。

　このように、ジョージア州ミレッジヴィルは、オコナーの人生と作品において大変大きな意味を占めていることが次第に分かってくる。彼女はこの地で年月を過ごし、たくさんの作品を生み出している。

　一九五〇年から一九五一年まで、初めてにしてほとんど致命的な病にかかり、そこから回復したフラナリー・オコナーは、ミレッジヴィルが自分にとっての終《つい》の棲家となる運命であると考えるようになってきた。彼女は、小さな町の生活リズムとジョージア中心部での生活に順応するようにした。

　実際、オコナーは、ミレッジヴィルを「他の町や国の人びとの」品行や社交の才を図る基準として、少なくともユーモ

ミレッジヴィルの市街図

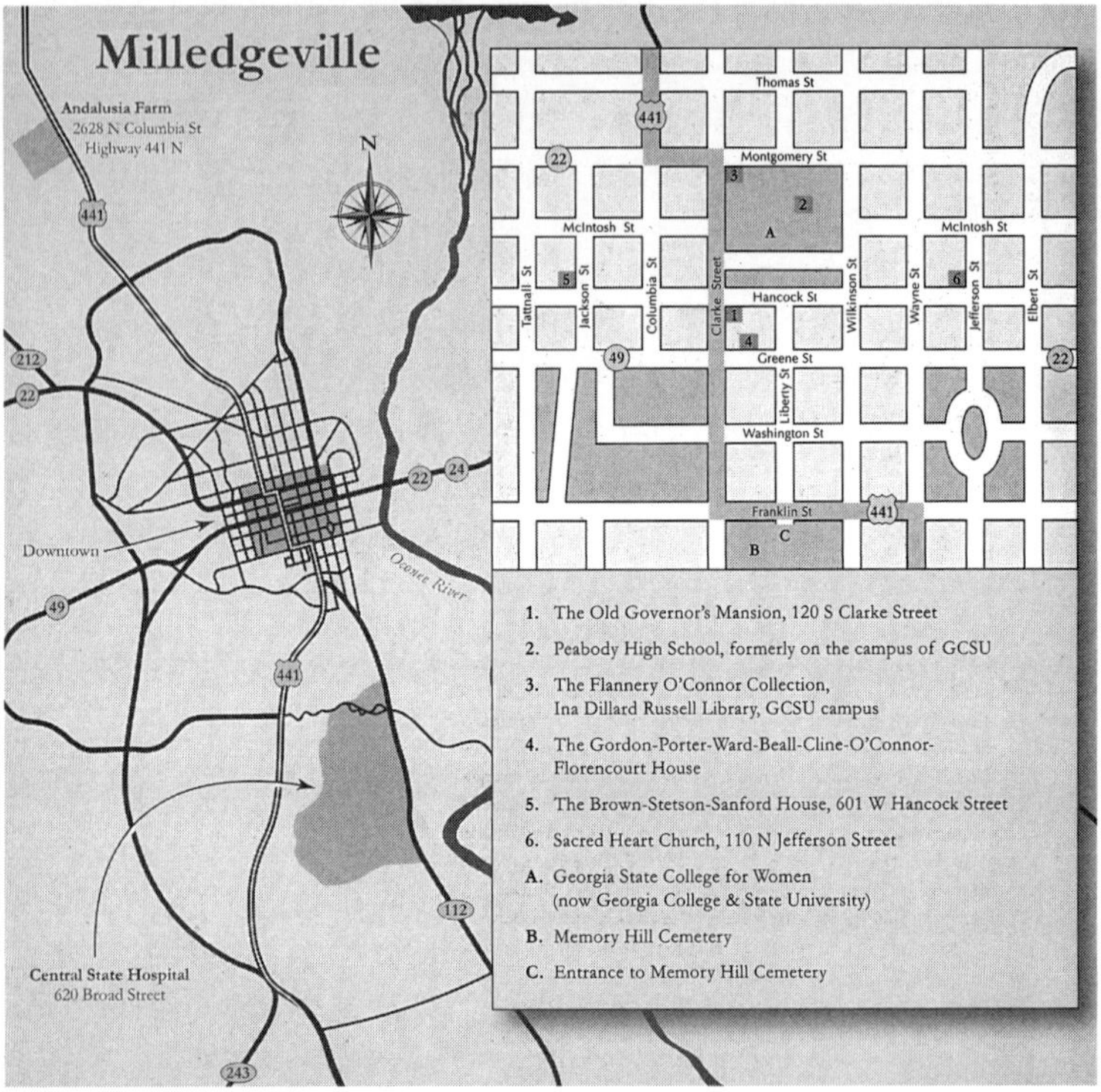

1．旧知事公邸
2．ピーボディー高校（ジョージア・カレッジ&州立大学の元キャンパス）
3．フラナリー・オコナー・コレクション
（ジョージア・カレッジ&州立大学キャンパス、アイナ・ラッセル図書館内）
4．ゴードン＝ポーター＝ワード＝ベル＝クライン＝オコナー＝フローレンコート邸
5．ブラウン＝ステットソン＝サンフォード・ハウス
6．聖心教会
A. ジョージア州立女子カレッジ
（現ジョージア・カレッジ&州立大学）
B. メモリー・ヒル共同墓地
C. メモリー・ヒル共同墓地入り口

ア交じりに用いていた。自らのモットーが「郷に入りてはミレッジヴィルに従え〔ローマにありては、ミレッジヴィルで振る舞いしごとく振る舞え〕」[1]であると彼女は断言し、ミレッジヴィルは大変な僻地なので、「バスかアメリカハゲタカに乗らないと」[2]たどり着くことができないと手紙に書いている。

ミレッジヴィルと小さな南部の町での生活が、オコナーの風刺的な目を養ったことはまちがいない。友達に対して、日本からすぐ戻るように勧告する際には、「すべてが文化、優雅、洗練、実際的な常識そのものであるバード・サンクチュアリー」[3]に戻ってくるようにと提唱している。また、同じ友達に、自分が南部に戻らざるをえなくなったときのことを次のように書いている。

私は死に引きわたされる必要があるときのように、縄をかけられ、縛られて引きわたされました。それというのも、大部分は、私が南部に戻ったら、もうこれで創作も執筆活動も終わり、私から作品が生まれてくることもなくなってしまうと思ったからです。[4]

（１）一九五七年五月一九日付のマリヤット・リー宛の書簡。四九ページのコラム参照。
（２）一九五五年四月五日付のエリザベス・マッキー宛の書簡（*The Habit of Being*, p. 77、田中訳）。
（３）一九五七年三月一〇日付のマリヤット・リー宛の書簡（*The Habit of Being*, p. 209、田中訳）。
（４）一九五七年六月九日付のマリヤット・リー宛の書簡（*The Habit of Being*, p. 224、田中訳）。

オコナー入院中の一風景

朝6時、廊下にいる2人の看護師が次のような話をしているのが聞こえてきました。

あんたあのシーツをどうしたの？

何もしてしないわよ。

まったくもう、シーツをどうしたらいいか言ったでしょ。

あんたは、言ったとおりになんかやったことないんだから。

自分のしたことくらい分かっているわよ。私も、あんたのしたことを知ってるわよ。

あんたはあんたのしたことは分かっているかもしれないけど、私のしたことを知らないわ。

こんな会話がしばらく続きました。数年ぶりに母がとった休暇でした。休暇は、病院で一週間過ごしました。（1958年2月26日付のベティ・ヘスター宛の書簡、*The Habit of Being*, p. 270. 田中訳）

しかしながら、彼女が発見したことは――それは彼女にとってまったく驚きであり、ほっとしたことだったのだが――南部への帰還は「ひとえに彼女の作品のはじまり」[5]だった。文学・芸術活動の中心から物理的に遠く離れていたことは、きっとオコナー自身、時には苛立たしい思いをしたにちがいないが、彼女はこの田舎での生活を楽しむようになり、その生活のなかに、目的にかなった原材料を見つけるに至ったと確信できる。

　フォークナーが彼自身よく知っているミシシッピー州の「切手ほどの小さい」土地に戻ってきたことが重要な意味をもっているのと同様[6]、オコナーはこのジョージア州中心部の共同体に創作の糧となる豊富な題材を見つけたのである。友人のサリー・フィッツジェラルドが好んで口にしていた言葉は、ミレッジヴィルにあって「フラナリーは、カムストック鉱脈(7)の銀の採鉱者のようだ(8)」というものであった。

オコニー川(9)の西岸にあるミレッジヴィルは、一八〇二年の条約でクリーク族(10)から譲渡された土地に、一八〇三年、正式に市制が施行されてできた都市である。市制が敷かれる以前の領土では、

---

(5) フラナリーの書簡集を編集したサリー・フィッツジェラルドが序文で述べた言葉（*The Habit of Being*, p. xvi、田中訳）。

(6) ウィリアム・フォークナーが〈パリ・レヴュー〉のジーン・シュタイン（Jean Stein, 1934〜）からのインタビューに答えて言った言葉で、「サートリス大佐から書きはじめて私が発見したことは、この切手のように小さな私の住む土地が書くに値するということ、私にはすべてを書き尽くせるほど長生きはできないということ、現実の土地を原形的なものに昇華させることによって、たとえどの程度のものであれ、自分の才能を最高レベルまで駆使することのできる自由を完全に手に入れることができるということだ」と語っている（“William Faulkner, The Art of Fiction,” *The Paris Review*, No. 12, *Spring 1956*　田中訳）。インタビューは、次のサイトで全文を読むことができる。http://www.theparisreview.org/interviews/4954/the-art-of-fiction-no-12-william-faulkner

(7) ネバダ州西部バージニア市近郊で発見された広大な鉱脈で、従来の記録のなかでもっとも価値の高い銀の鉱脈。

(8) 出典不明。

(9) ジョージア州中部を南北に流れる全長約三五〇キロメートルの川。ミレッジヴィルの人工湖シンクレア湖を通る。

開拓者と原住民、および両者間の平和を維持するためにジョージ・ワシントン大統領から派遣されてきた連合軍との間で絶えまない戦いが続いていた。

一八〇四年、州議会はミレッジヴィルを議会の所在地に定め、南北戦争が終結してから三年間はそこにあった。初期の州都はミレッジヴィル、オーガスタ、ルイーズヴィルなどであったが、西部での開拓が着実に西に進むにつれて、より中心部に位置する議会所在地が必要となった。

ジョージア州の州都としての機能を備えるため、正方形に計画・立案されたミレッジヴィルは、一八〇二年から一八〇六年まで知事を務めたジョン・ミレッジの名誉を讃えてその名が付けられている。町には一六の区画があり、それ

ミレッジヴィルを流れるオコニー川

ぞれが二〇二・五エーカー［約八二ヘクタール］で、合計三二四〇エーカー［約一三一〇ヘクタール］の面積となっている。そのごくわずか一部、一エーカー［約四〇四六平方メートル］だけが住宅地として指定された。州議会議事堂（現在のジョージア・ミリタリー・カレッジの中央棟）は、一八〇七年の時点ですでに議会が開催できるほど建設工事は進んでいたが、最終的に完成したのは一八一一年である。

（10）　一八〇二年の条約は、正式には「連合軍要塞条約（Treaty of Fort Confederation）」と呼ばれている。クリーク族は北米先住民の一族で、アラバマ州とジョージア州一帯に住んで同盟を結んでいた。

ジョージア・ミリタリー・カレッジ（前ジョージア州議会議事堂）

知事旧公邸

かつてジョージア州知事の住居であったクラーク・ストリートの知事旧公邸は、ジョージア州でおそらくもっとも多くの人たちによって写真に収められた建物であろう。しかしながら、この立派な建物の前身は同じ場所にあった総督府であり、州知事が住むには格式の劣る建物であった。ハンコック・ストリートとグリーン・ストリートの間のクラーク・ストリートに一エーカーずつ、二つの敷地に建っていた総督府は二階建てとなっており、老朽化が進行していたが、公邸の完成する一八三九年までジョージア州知事の公邸として使われていた。完成したのはウィリアム・スライ知事の任期中で、公邸を設計したのはジョン・ペル、C・B・クルスキー、ジョン・ノリス[11]の三人の建築士であったが、最終的に採用されたのはクルスキーの設計で、建築費用は五万ドルだった。

公邸建設の最終的な責任者となったのは、コネチカット州［ハートフォード郡］ファーミントンの建築業者ティモシー・ポーターであった。この建設おいて地元南部の職人たちはほとんど雇われていなかったので、この建物は「ヤンキー（北部人）」の技術による作品と言ってもよいものであった。

その荘厳な建物は、最盛期のグリーク・リバイバル様式[12]でかたどられていたが、それはアメリカが民主主義の生誕地［ギリシャ］に対して敬意を抱いていることを示すものであった。外部にバルコニーはないが、内部に円形大広間とバルコニーがある[13]。客間は奥行き六〇フィート［約一八メートル］以上で、ホワイトハウスのイースト・ルームに倣ってかたどられている。南北戦争前の数年間、公邸はミレッジヴィルの社会生活の中心となり、州の政治本部となった。

南北戦争中、ミレッジヴィルは活動拠点であった。一八六一年、南部一一州の北部からの分離について話し合う会議がここで開かれ、三日後、分離を票決している。そして、南部連合の大義を支持する志願兵の部隊がここで編成された。そのうち、もっとも長い歴史を誇る部隊は「ボールドウィン・ブルース」[14]であった。南北の分離を支持しない市民もいたが、大多数がその戦争遂

（11）原著の「C.B. Clusky」は C. B. Cluskey、「H. A. Norris」は John Norris のまちがい。
（12）古代ギリシャ建築をベースにしたフォーマルで、古典的な緩い勾配の切妻屋根と寄棟屋根を特徴とする建築様式。一八世紀以降のアメリカで人気の様式となった。
（13）歓迎祝賀会、舞踏、コンサート、結婚式、授賞式、記者会見などが行われる部屋。「宴会場」とも呼ばれている。The White House Museum のホームページ参照。
http://www.whitehousemuseum.org/floor1/east-room.htm
（14）（Baldwin Blues）南北戦争時に活躍したジョージア州ボールドウィン郡の南部連合軍第四連隊H中隊に所属する志願歩兵連隊。

行努力を支持した。もちろん、戦争が終わるまでにミレッジヴィル自体も戦火にさらされている。

一八六四年、ジョージ・ストーンマン率いる騎兵隊特殊奇襲部隊から派遣された北軍騎馬隊の一派遣隊によって都市は脅威にさらされ、最終的にウィリアム・テクムセ・シャーマン将軍が侵攻してきて、いくつもの家、中央物資集積所、オコニー川の軍需品倉庫橋を破壊していった。しかしながら、同じくシャーマンに攻撃された南部の他都市の損害に比べると、ミレッジヴィルはかなりましなほうだったと言うことができる。

知事旧公邸の再現工事は二〇〇一年にはじまったが、開始前、何年にもわたる古い記録を調べ、事業をどの範囲まで、どの程度行う

知事公邸（1955年）（ジョージア・カレッジ＆州立大学旧知事邸の好意による）

かを決めるために建物の調査をしている。再建費は九五〇万ドルで、完成までにおよそ三年の歳月を要した。

公邸が正式に再開されたのは二〇〇五年だった。再建されたこの美しい建物には、付属建築物と書店が完備され、歴史保全ナショナル・トラスト(15)にも評価されており、州で一番重要な建物であると称するジョージアの人たちもいる。今日、公邸は「歴史的建造物博物館（Historic House Museum）」として使用されており、社会的・政治的に幅広い歴史を有するため、一九七三年に国定歴史的建造物

(15)　（National Trust for Historic Preservation）一九四六年に設立された歴史的建造物保全を目的とする全米非営利組織。同組織のホームページ参照。http://www.preservationation.org/

再建された知事公邸の現在（ジョージア・カレッジ＆州立大学管轄）

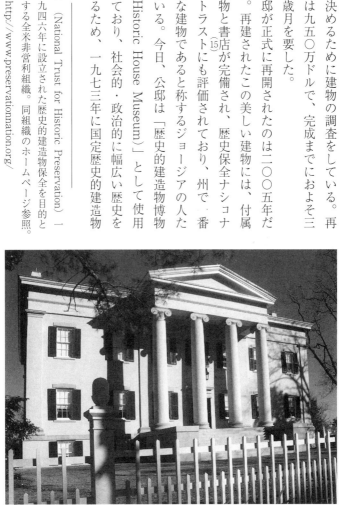

コラム　南北戦争を背景とした作品

南軍戦没者記念日には毎年、州都の博物館に貸しだされて、一時から四時まで展示される。昔の写真、軍服、武器、歴史的文書などのおいてある陰気な一室に。展示物はどれもガラスケースに収められ、子供たちがさわったりしないようになっている。将軍は例の映画のプレミアショーの時の軍服を着て、綱でかこんだ場所にけわしい顔ですわっている。（「旧敵との出逢い」『フラナリー・オコナー全短篇（上）』181～182ページ）

にも指定された。

フラナリー・オコナーの人生・生活のただ中には、南部の歴史におけるこのような立派な眼目が存在しているにもかかわらず、小説の主題として南北戦争に興味を抱くことは決してなかった。ただ《旧敵との出逢い》という短編小説一作において、南北戦争（War Between the States）を「南北せんそー（Wah Between the States）」とユーモアを込めて表現しているだけである。そのうえ、物語でオコナーは、旧南部と戦争に関する感傷的な神話と、保守的な南部人たちが愚かにもいまだに連合軍の大義を熱狂的に崇拝していることを揶揄している。

《旧敵との出逢い》はまた、ジョージア州立女子カレッジのキャンパスを舞台とした唯一のオコナーの作品である。オコナーは、六二歳になる妻の卒業に名誉を添えるために、南部連合軍の軍服を着て、ジョージア州「ベン・ヒル郡」フィッツジェラルドのウィリアム・J・ブッシュ「将軍」が実際にラッセル講堂に登場したという実話を題材にして作品をつくっている。

このような出来事を創作において再現するなかで、オコナーは、朦朧爺の主人公サッシュ「将軍」が自らの戦争体験をでっちあげたり、南部の大義への誇りを誇示するために、将軍の制服姿で連合軍の記念行事に次々と引っ張り出されたりする姿は、いわゆる「いまだ再建されていない[旧南部の古い考えを捨てようとしない]」多くの南部人たちの姿であることを示している。

果たして「将軍」が、自分の経験したことの意味や南部の悲劇的な「崩壊」の意義を理解していたかどうかは疑わしい。オコナーはウォーカー・パーシーと同様、南北戦争における南部の敗戦によって、ウィリアム・フォークナー、ユードラ・ウェルティ、ロバート・ペン・ウォレンなどの一流南部作家たちにとって、南部という場所がきわめて意味のある場所になったと信じている(16)。それは、北部にいる友人に宛てた手紙のなかで次のように言っていることからも分かる。

> 北部にいるあなたも場所の感覚をおもちだと思いますが、歴史的な敗北と結び付いていないので、それほど深く感情を動かすことはないと思います。それは単に現在の場所の問題ではなく、場所の連続性の問題であり、その地に住んでいる人たちの共有する経験なのです(17)。

おそらく、オコナーが南北戦争を題材とすることを避けていたのは、ジョージア州のマーガレット・ミッチェルの『風と共に去りぬ』がオコナーに先んじて一九三六年に出版され、文学界においてはともかく、大衆の大歓迎を受けたことが一つの要因であろうと考えられる。[出版] 当時、オコナーはわずか一一歳だったが、そのロマンチックな映画版が一九三九年に上映されたことと相まって、その本の人気が何年にもわたって続き、広まったために、現実的な目先がきき、感傷におぼれることのないオコナーはまったく別の方向へ進んだのではないだろうか。

さらに、今日ではあまり適当ではない言い方を使うならば、オコナーはいわば純文学の作家となるべく訓練を積んだのであって、必ずしも大衆作家となるための教育を受けたわけではなかった。オコナーの作品は、意図的に見識のある読者、アイロニーを把握し、グロテスクのコミカルな描写を楽しむことのできる読解力と理解力をもった読者を対象としている。そのため、マーガレット・ミッチェルが知事旧公邸にまつわる生活を喜んでいたかもしれない一方で、オコナーは決してそういう気持ちにはなれなかったということだろう。

実際、オコナーの小説は、一面において、マーガレット・ミッチェルのロマン主義(18)に対する意識的な応答と読むことができると断定してもよいであろう。

一九世紀後半、ジョージア師範・工業高専（現ジョージア・カレッジ&州立大学）の創立に伴い、知事旧公邸は改築されて、三〇以上もある部屋を寮として学校に提供した。しかし、この建物はやがて新しい学長の住宅となり、大学の社会的活動の中心の場となった。ミレッジヴィルを訪れた来賓や貴賓は、たいていの場合、公邸かその敷地で宴を催してもてなされてきた。オコナーが一九五〇年にミレッジヴィルに戻ってきたときも同じようにしてもらったが、それ以降、彼女は故郷に永住することになった。一九五〇年代後半と一九六〇年代前半に、オコナーは機会を見つけてはたびたび公邸を訪れていた。

フラナリー・オコナーは少し変わり者のマリヤット・リーと友人関係にあったが、マリヤットは、公邸に家族と住んでいるカレッジの学長ロバート・E・（バズ）リー（任期：一九五六〜一九六七年）の妹であった。そのためオコナーは、時には見栄っ張りと思しきミレッジヴィルの社

---

(16)　フラナリーはエッセイ『作家と地域』のなかで、ウォーカー・パーシーの言葉の意味を説明しながら次のように述べている。

「ウォーカー・パーシーが全米図書賞を受けたとき、新聞記者たちから、なぜ南部には優れた作家が非常に多いのかと問われて、彼はこう答えた――「われわれは南北戦争に負けましたからね」。彼の言わんとしたことは、単に、負け戦というのはいい題材になるということではない。真意は、われわれ南部人が、原罪による人間の堕落に比すべき経験を持ったということなのだ。われわれは、人間の限界の認識を胸の内に焼きつけて、現代世界に踏み入ったのだった。新生の無垢の状態の中では決して育たない神秘の感覚を身につけて、南部は現代に入ったのである。もしこの堕落の経験がなかったら、神秘に対する感覚が十分には成長しないという点で、南部はアメリカの他の地域と大差はなかったにちがいないのである」（『秘義と習俗』五七〜五八ページ）

(17)　一九六三年六月五日付のジャネット・マッケイン宛の書簡。（*The Habit of Being*, p. 523、田中訳）

(18)　ここでは本来的なロマン主義の意味ではなく、南部の人や歴史や習俗を現実以上に美化して描こうとする傾向についてこのように言っている。

会生活を揶揄するための機会にたくさん恵まれた。
ただ、そのような社交の場はほとんどが格式ばったもので、オコナーの好きになれないものの一つだった。とくに、彼女自身が敬意を込めてもてなされているときはなおさらだった。挨拶や皮相的な会話を儀礼的に交わしている人々の姿が、まさに彼女の想像力を駆動させる糧となった。たとえば、一九五七年にオコナーは友人に宛てて次のように書いている。

今度ジョージア州立女子カレッジから賞をもらうことになって、二ページに及ぶ謝辞を述べなければならないのですが、それは大した負担にはなりません。でも、そのためにコーヒーの会やらお茶会やらにまで顔を出して、何度も握手をしなければならないことを考えると気が滅入ります。そうしたことが好きな人たちにとっては結構なことなのですが、そういうことが嫌いな人は、母の言うとおり、ただの変わり者なのです。(19)

一九五〇年代半ばにおいて、たとえユーモアを込めてであっても女性が「変わり者」と評されることは、その女性の属する社会階級において期待されている女性としてのあるべき状態から、かなり踏み外してしまったと言われるに等しいことだった。しかし、フラナリー・オコナーは、そのように見なされることなどまったく意に介さなかった。それどころか、彼女はそのような表層的な取り決めを軽蔑することを楽しみとしていた。

クライン邸

フラナリー・オコナーが一九三八年からアイオワ市に出発する一九四五年まで住んでいたグリーン・ストリート西311にある家は、ミレッジヴィルで歴史上もっとも有名で重要な家の一つである。一九三九年に下院が開かれたとき、公邸が完成して入居可能な状態になるまで、一軒の住宅を賃借用として認可していた。一年目と二年目に選ばれた家は同じ家で、一八三八年にＨ・Ｐ・ワードが、一八九三年にジェレマイア・ベルが住んでいた（それゆえ、かつては「ワード＝ベル＝クライン邸」という名で知られていた）。

南北戦争後まもなく、その家はフラナリー・オコナーの祖父にあたるピーター・ジェームズ・クラインに買い取られ、以来今日に至るまでクライン家のものとなっている。

(19)　一九五七年四月二〇日付のベティ・ヘスター宛の書簡。（*The Habit of Being*, p. 217　田中訳）

ニワトリと過ごした日々

私の本が出版されるまで待って、それがあなたのお気に召すかどうかを考えてから書評するかどうかを決めて下さい。あなたがその作品に満足してくれる保証はまったくありません。あなたが私の作品を気に入ってくれるようにと、以前よりも期待を抱いていますが、卵が孵化する前に雛を数えるの［捕らぬ狸の皮算用］はやめておきます。伝記はと言えば、私の伝記が出ることはありません。というのも、理由はただ一つで、家とニワトリのいる庭の間を往復しているだけの生活なんか面白い本になるわけがありませんから。（1958年7月5日付のベティ・ヘスター宛の書簡、*The Habit of Being*, pp. 290〜291. 田中訳）

奴隷たちの手によって彫刻されたがっしりとした円柱が正面にあるクライン邸は、かつて「公邸広場」と呼ばれた土地の南側に建っている。家の正面にある一階と二階の部屋は、元の建造物の一部であった。正面の広間には「ろうそくの照明装置」の付いたシャンデリアがぶら下がっており、居間には時代もののコンサート用グランドピアノが置かれてあった。

クライン一家とその親戚、友人たちは、この収容能力のある大きな家でたくさんの幸せなときを過ごした。メアリー・フラナリーは、高校時代と大学時代に二階の寝室で過ごすときを満喫し、書斎として三階の屋根裏部屋を使っていた。

当時から近隣に住んでいる人たちは、メアリー・フラナリーが十代前半のころ、彼女自らがつくった服を鳥たちに着せて、増設されたポーチで一緒にぶらんこに座っている姿を見たという（そのポーチは一九〇〇年代後半に増設されたのだが、歴史的な正確さを取り戻すために一九八〇年代に増設部分は撤去された）。地所の大部分を取り囲む透かし細工の入った素敵なレンガの壁は、もともと手製のレンガで造られたものである。建築当時、その壁が街区全体を取り囲んでいた。

ジョージア・カレッジ&州立大学とピーボディー高校

オコナーの時代にジョージア州立女子カレッジとして知られていたジョージア・カレッジ&州立大学は、一八九一年にジョージア師範・工業高専として創立されて以来、何度も名前とともに教育目的の変遷を経ている。州立の女子実業学校として、もともとはジョージア大学の一部として設立されたその二年制のカレッジは、三万五〇〇〇ドルの資金援助を州議会から受けたが、それは当初の請求額の半分だった。その差額分を補うために、ジョージア・ミリタリー・カレッジ(20)は［兵舎として使っていた］知事旧公邸と刑務所広場（二〇エーカー）を女子カレッジの用途の

(20)　一八七九年にミレッジヴィルに設立され、現在、ジョージア州に九つのキャンパスをもつ。日本おける中高生および短大生にあたる学生が学んでいる。通常の学校としての教育プログラムが実施されているが、優秀な学生にはアメリカ軍将校になる道が開かれている。詳細は次のホームページ参照。http://www.gmc.edu/

ために無償で譲渡してくれた。

カレッジの設立にあたっては、地元市民から「そんなもの本当に必要なのか」という声もあがったほか、とりわけ地元新聞の論説委員は、「女子実業学校なんかより、ミリタリー・カレッジのほうがはるかに大切だ」と主張したが、町は全体的に歓迎ムードとなり資金を提供している。

ベティ・ボイド・ラブとメアリー・フラナリー・オコナー。ジョージア州立女子カレッジのレニエ・ホールの階段で（1944年撮影）（ジョージア・カレッジ＆州立大学フラナリー・オコナー・コレクションの好意による）

また、建築計画を援助するための地方債の発行が議会で認められ、このお金のうちから約五〇〇〇ドルが公邸の修理工事に使われ、三五の寮部屋に区分された。

最初の講義棟である旧本館が完成したのは一八九一年だった。初代学長のJ・ハリス・チャッペルは、大胆で進歩的な教員ジュリア・フリッシュとともに、女子学生たちの間に経済的・人種的区別をつけることなく、誰もが平等であるという雰囲気の行きわたった学校を構想した。一八九一年九月の大学開学時の学生数は八八人で、決して幸先のよいスタートとは言えなかったが、その年が終わるころまでには一七一人となり、一〇年後の一九〇一年末までに女子学生の入学者は四〇〇人になっている。

1896年に建設されたアトキンソン・ホール。オコナーの在籍当時、ジョージア州立女子カレッジの学生寮として使われていて、台所設備と食堂も付設されていた。

ジョージア師範・工業高専の憲章では一般教養の大切さにも目が向けられていたが、料理・タイプ・簿記・電信・洋裁などの「工芸技術」のうち、少なくとも一つの教育を受けることが全学生に要請されていた。若き女子学生たちは細心の注意をもって監督され、キャンパスからわずか一ブロック先の町へ行くことさえ滅多に許されなかった。

1925年に建築されたレニエ・ホール。ジョージア州立女子カレッジの講義棟として使われていた。ホールの後方、のちに増築された部分はピーボディー高校用の建物となっていて、オコナーはそこに通っていた。

学校創設当初は男性との交際も好ましくないことと見なされていたが、察しがつくように、ジョージア・ミリタリー・カレッジの士官候補学生やメイコンのマーサー大学の若い男子学生が、時々、大胆にもこの禁を犯して彼女たちと交際することがあった。

カレッジの評判は年を追うごとに南東部全体で高まり、マーヴィン・パークス学長の機敏なリーダーシップのもと、学校はジョージア大学の配下から分かれてジョージア州立女子カレッジと改名し、四年制の学校として認可された。そして一九二二年、ジョージア州立女子カレッジは「ジヨージア大学機構[21]」の一部になり、「ジョージア」評議員会の監督下に置かれた。ガイ・H・ウェルズ学長の統率のもと、大学への入学者は一九三八年に一五〇〇人となり、ピークに達した。それは、メアリー・フラナリー・オコナーが入学する直前のことだった。地元学生の多くは、メアリー・フラナリーと同様、大学の付属校であるピーボディー高校で高校教育を受けた学生だった。

カレッジの教育学部が管理運営してきたピーボディー高校は、何年間にもわたってジョージア州立女子カレッジの重要な一部であったが、「そもそもその高校は」ジョージア師範・工業高専が一八九一年に教員養成プログラムを開始した際に、高校教師の教育実習カリキュラムのために開設したものであった。

高校を開設したのには二つの目的があった。一つは「師範学校」の教育を若い女性に施すこと、二つ目はカレッジの若い女生徒たちを教師にするために訓練することで、各分野の指導教員が教育実習生を支援するという体制をとっていた。

ピーボディー高校のほかに男子学生の進学先となったもう一つの学校はジョージア・ミリタリ

(21)（The University System of Georgia：USG）一九三一年に設立され、現在ジョージア州の三一の公立の高等教育機関と五八の公立図書館を管轄する組織。ジョージア州アトランタに本部を置く。詳細は次のサイトを参照。http://www.usg.edu/

アトランタを舞台とした作品

それからミスタ・ヘッドは下水溝の仕組みについて説明してやった。この都会の地下全体に拡がっていること、あらゆる汚水が流れこみ、ネズミがうじゃうじゃいること、人間が落ちれば、真っ暗闇のトンネルに吸いこまれてどこまでも運ばれてゆくこと。この都会に住む人は、いつ下水溝に吸いこまれるかわからないし、もしそうなったらそれっきり行方知れずになるのだ。(「人造人間」『フラナリー・オコナー全短篇(上)』129ページ)

ー・カレッジであったが、ミリタリー・カレッジに入ることを嫌う男子学生がピーボディーに入学してくることも時々あった。低学年には、どちらの学校にも男子と女子がいた。ボールドウィン高校が一九二七年に創立してから、ピーボディーの入学者数が減少しはじめている。

幼いころに教会区立の学校で教育を受けたメアリー・フラナリー・オコナーにとって、ピーボディー高校での経験が健全なものであると明らかになった。

アトランタで二年近く過ごしたのちの一九三八年に家族でミレッジヴィルに引っ越してきて、彼女は、ジョージア州立女子カレッジの北側、クライン邸から三ブロック弱歩いた所にあるピーボディー高校の第八学年に入学した。ピーボディーのカリキュラムは「実験的」と呼ばれていた。というのも、ジョージア州のつくったカリキュラムに参加するべく選ばれた一〇の州立学校の一校であり、教師たちはそのカリキュラムに応じた授業をしなければならなかったからである。

オコナーは、ピーボディーのために気勢をあげる級友たちの多くとは対照的に、後年、その教育内容を批判し、古典教育を受けられず残念であったと愚痴をこぼしている。生涯を通じて、オコナーがジョン・デューイと彼の進歩主義に対して示したものはほとんど軽蔑以外の何物でもなかった。彼女に言わせれば、デューイの進歩主義は、愚かで無節操な学生の芸術家気取りをのさばらせるものだった。

短いエッセイ《子どもにおける小説の全体的効果》でオコナーは、学生たち自身の賛成・反対の意見に左右されるカリキュラムのあり方に、次のような痛烈な非難を浴びせている。

「学生に、代数はおもしろいかとか、フランス語の動詞のいくつかが不規則変化であるのは納得のいくことであるかなどと学生の好みを聞くことはないだろう。だが文学になると別で、学生がホーソンよりハーシーが好きだと言えば、何がなんでもその好みに合わせなければということになる(22)」

とはいうものの、ピーボディーでのメアリー・フラナリーは、風刺漫画を書き続けたり、学校新聞〈Peabody Palladium《ピーボディー・パラディウム》〉に寄稿したりして、少なくとも自由を満喫した。家庭科の研究授業で自分用のエプロンをつくることが課題に出されたとき、彼女は自分で縫った服を飼っているア

(22)『秘義と習俗』一二九ページ。

ヒルに着せて連れてきた。それを見た家庭科の教師は、エプロンをつくるよりアヒル用の服をつくるほうが大変だと考え、出した課題の代替作品として受け付けている。

また、クライン邸の晩餐に加わったことのある教師の思い出によれば、メアリー・フラナリーが連れてきた「ヘンリー」という男性名がつけられたペットのアヒルが卵を産み、その後「ヘンリエッタ」という女性名に変えられたという話もある。この話は、メアリー・フラナリーが私家版としてつくった『Mistaken Identity（人ちがい）』[23]に詳しく載っているが、彼女の作家・イラストレーターとしての才能を早くから証明するものである。その本の写しは、ジョージア・カレッジ&州立大学のオコナー・コレクションで閲覧可能である。

ピーボディーに転校して二年目、メアリー・フラナリーは学校新聞の美術面の担当者になり、詩・書評・風刺画を寄稿した。その多くは、ジョージア・カレッジ&州立大学のオコナー・コレクションに収蔵されている。ピーボディー時代の彼女は終始一貫して文芸活動を続け、最高学年で、アトランタのリッチズ百貨店後援[24]のジョージア州エッセイ・コンテストに入賞している。

一九四一年、〈ピーボディー・パラディウム〉に掲載されたオコナーに関する記事には、オコナーは六歳のときから創作をはじめ、すでに三冊の本、しかもすべてガチョウに関する本を出したという当時の発言が記録されている。その記事には、断固とした意見と強い個性と因習にとらわれない好奇心をもった若い少女をはっきりと浮き彫りにすると同時に、彼女の飼っている家禽

（雄鶏のハリー・セラッシー、黒ガラスのウィンストン、ヒトラーのファーストネームと同じだったために、のちに名前を変更せざるをえなかったもう一羽の雄鶏の故アドルフ）も掲載されている。

オコナーの狡猾なユーモアのセンスは、ピーボディーの級友たちにもはっきり見てとれた。ピーボディー時代、彼女は［ジェームズ・］サーバー風の風刺漫画を〈New Yorker《ニューヨーカー》〉に投稿しているが、その際、初めて「原稿採用お断り」という通知を受け取っている。

アメリカ合衆国が第二次世界大戦に参戦した翌年の一九四二年、ピーボディー高校卒業後の夏にメアリー・フラナリーはジョージア州立女子カレッジに入り、三年間早期卒業繰り上げプログラムの一日体験学生として登録した。ピーボディーの卒業生のほとんどはジョージア州立女子カレッジに進学した（彼女らは「ジェシー」というあだ名で呼ばれるようになった）が、入学当初から、そこの教授陣たちの多くをすでに知っていた。

（23）一九四一年の春に、メアリー・フラナリーがアヒルについて書いた三冊のイラスト入りの本の一冊（一七ページ。未刊行）。オコナーの伝記作者ブラッド・グーチは、「ヘンリエッタ」に変わる前のアヒルの名前を「ヘンリー」ではなく「ハーマン」と記述している（*Flannery*, pp. 75～76）。

（24）（Rich's）一八六七年から二〇〇五年にかけて営業した百貨店。その後合併して、「メイシーズ（Macy's）」という名前に変わっている。

さらに、オコナーが学生だった戦時中、高等教育を受けるための資金が不足し、よその場所に出掛けてまで教育を受けるだけのゆとりのある人はほとんどいなかった。メアリー・フラナリー・オコナーもこの事実の例外でなかったことは、彼女の家族がささやかな収入で生活していたことからも分かる。しかしながら、ピーボディーを卒業したフラナリーが家に残るのには、もう一つ別の理由があった――最愛の父親の死である。

このようなわけで、大学時代のオコナーは母レジーナと母方の親族とともに暮らし、家から徒歩圏内のキャンパスで勉強と課外活動を行っていた。

ジョージア州立女子カレッジは、当時、州で唯一の師範学校とまでは言わないにしても、教師になるためのカレッジの一つとして知名度があった。カレッジには州の各地から若い女性が集まり、彼女らは古典的な教育は受けないにしても全体的に均整のとれたカリキュラムにのっとった教育を受けていた。そこは、共学という環境下では女生徒たちには不可能であると教育者たちが思っていた知的自由を味わえる環境だった。

後年、オコナーは大学時代の教育について不平をもらし、ほとんど何も読まないまま卒業したと力説していたが、作家として、風刺漫画家としての才能を伸ばし続けることができたのはその大学時代である。社会科学を主専攻、英語英文学を副専攻としていたオコナーは、何人かの立派な教師たちの教えを受けた。そのなかの一人であるハリー・スミスは、とくにオコナーの機知と才能を高く買っていて、〈Corinthian《コリシアン》〉という文芸誌に投稿してみないかと声をかけている。オコナーはその文芸誌にたくさんの作品を寄稿し、上級生になるとその雑誌の編集者を務めもしている。

風刺漫画を書き続けた彼女の作品は、年報、文芸誌、大学新聞〈Colonnade《コロネード》〉(25)に載っただけでなく、パークス・ホール(26)の地下にある学生用の喫茶店の壁にも描かれていた（かなり以前に、上からペンキを塗られて消されてしまっている）。この当時のオコナーのノンフィクション・詩・小説は、作家として成熟期を迎えたころの作品に見られるような、風刺のきいた機知・誇張・奇怪趣味が特徴であった。

オコナーがジョージア・カレッジ&州立大学に通っていた時代は通常の時代ではなかった。大学は、海軍の倉庫管理人のための戦時事務研修センターとしての役割を果たすように宣告されたうえ、WAVES(27)（海軍夫人予備部隊）の分遣隊がミレッジヴィルと大学のキャンパスを野営地と

（25）現在も続いていて、ホームページもある。http://www.gcsunade.com/

（26）大学を四年制にするうえで貢献した第二代学長マーヴィン・マクタイヤ・パークス（Marvin McTyeire Parks, 1872〜1926）にちなんで建てられた建物。キャンパス内のさまざまな建物や、キャンパスマップを次のサイトで確認することができる。http://www.gcsu.edu/about/buildings.htm#mph　http://www.gamarketing.org/2010EntrepreneurSummitWebsite/images/map_GCSU%20esb%20summit.pdf#search='Parks+Hall+Georgia+College

したからである。

一九四三年にWAVESが到着後、大学の新聞はWAVESが公邸の前にいるときの写真や、軍の寝場所を設営している姿を写した写真をはじめとして、キャンパスを行進している写真などを掲載した。WAVESが駐在していたため、ボブ・ホープが米国慰問協会のショーをラッセル講堂において催したことがあるが、そのショーを見ることが許されたのは海軍訓練学校の教職員とジョージア・カレッジ&州立大学の学生だけだった。地元の歴史家たちのなかには、そのショーの写真のなかにフラナリー・オコナーの顔が写っていると主張している人たちもいるが、今のところ彼女がそのショーに出席した証拠はない。

1928年に建築されたラッセル講堂。オコナーの学生時代、全学的な大きな行事のほとんどはここで開催されていた。

作品に描かれた大学の卒業式の光景

黒い行列は二ブロック歩いて、講堂に向かう最後の道路を進んでいった。卒業予定者の家族は芝生に立って、うちの子がどこにいるか見きわめようとしている。家族の集団では、男たちは帽子をずらして額の汗をぬぐい、女たちは肩のところでドレスを浮かしている。汗で背中にべったりつくのをふせぐためだ。厚いガウンを着た卒業予定者は、体内の無知をすべて外に流しつくすつもりか、汗びっしょりになっている。(「旧敵との出逢い」『フラナリー・オコナー全短篇（上）』184ページ)

オコナーは、駐在するWAVESを木版画でつくる風刺漫画のテーマとした。事実、それらの版画は文芸誌と大学の年報に掲載されている。学生たちのことをまったく気にも留めないWAVESの風刺をはじめとし、カバンの中を探しているWAVESの一人を見て、弾薬を探しているものと勘違いしている学生の姿や、行進する女性たちを弓矢で狙うアーチェリー部の学生など、オコナーはWAVESを大いに利用して漫画を描いた。とくに、国内戦線におけるあらゆる取り組みが大変重視されていた時代にWAVESをこのように風刺的に扱うということは、大学の学部生にしてはかなり大胆な活動であったと見ることができるかもしれない。

(27)　第二次世界大戦中の一九四二年に、海軍の男性人員不足解消のために編成されたWAVES（Women Appointed for Voluntary Emergency Service）のこと。事務などの陸上での非戦闘業務に従事し、男性が軍事活動に専念できるようにすることを目的として、全国各地の大学を訓練場として利用した。

オコナーの向こう見ずな姿勢は、成熟期の作品における彼女の文体と主題の前触れとも言えるものである。彼女は、容認できないことに対して異議を唱えることを恐れない。実際、因習的な態度に反抗することは彼女の作品の特質であった。それによって彼女は読者にゆさぶりをかけようとしていたことは、のちに「耳の遠い者には、大声で呼びかけ、ほとんど目の見えぬ者には、図を示すとき大きくぎくりと驚くような形に描かねばならぬ[28]」と書いていることからも分かる。

確かに、彼女の風刺漫画で用いられている滑稽な誇張法は、鋭い視覚的な比喩表現によって描かれる短篇や小説へと、間もなく受け継がれることになる。グロテスクとダークユーモアの使用、読者の期待をひっくり返す習慣は、大学時代の創作や絵のなかで、確実に予測できるものである。

オコナーは南北戦争の題材は利用しなかったが、第二次世界大戦とホロコーストを《強制追放者》という重要な一作の大切な背景として用いている。この長い作品は、最初の作品集《善人はなかなかいない及びその他の物語》（一九五五年）に掲載された。物語は、農場主の未亡人で、独善的・利己的・自己中心的なマッキンタイヤ夫人を中心に展開していく。

マッキンタイヤ夫人は、当初は喜んで難民のポーランド人一家を農場労働者として雇い、「だれかの苦しみが別の人の得になる[29]」と言っていた。ポーランド人のガイザック氏は農場で奇跡的な働きをなし、マッキンタイヤ夫人は至極ご満悦だったが、それも彼が従姉妹を強制収容所から助け出して、農場の労働者である「黒人の一人」と結婚させようと計画していることを知るまでの話であった。

　マッキンタイヤ夫人は、彼らが自分にとって役に立つかどうかという視点からのみ見ていたわけであり、究極的には彼らの人間性を否定していたという点においては、彼女もまた最後の場面における難民殺害の共犯者である。そしてその後、彼女自身が難民のように、物質的にも精神的にも本来の居場所を失ってしまうことになる。

　この物語でオコナーは、マッキンタイヤ夫人と実在人物ヒトラーの非人間的なモノの見方を際立たせるように、有蓋貨車とバラバラに切断された肉体のイメージを頻繁に使用している。小宇宙は大宇宙である、ということをオコナーは示しているのだ。個人あるいは集団の優越感というものは、はなはだしい自己中心的な思いや貪欲と一緒になって、キリストが伝えた愛や哀れみ

(28)　『秘義と習俗』三三二ページ。
(29)　横山貞子訳『フラナリー・オコナー全短編（上）』（岩波書店、二〇〇三年）二三二ページ。

ジョージア州立女子カレッジ２年生の時のメアリー・フラナリー・オコナー（1945年撮影。ジョージア・カレッジ＆州立大学フラナリー・オコナー・コレクションの好意による）

についてのあらゆる教えと真っ向から対立するものとなる。そして、こうした人間の心が、自分にとって役に立たない者たちをガス室へ追いやろうとする道を開くのである。

一九四五年にジョージア州立女子カレッジを卒業すると、オコナーはすぐにアイオワ州立大学の大学院へ向かった。カレッジの哲学の教師が、そこに応募してみてはどうかと促したのだ。当初オコナーは、ジャーナリズム専攻の大学院生として入学したのだが、自分の道ではないことを直ちに悟り、新しく設置されたばかりのライターズ・ワークショプの責任者であるポール・エングルのもとに行って話し合い、大学院のクリエイティブ・ライティング・プログラムに入学させてくれるよう依頼した。

彼女の作品サンプルを読んだエングルは、何の問題もなくオコナーに入学許可を与えた。そして彼女は、そこの芸術修士課程で二年間を過ごしたのち、もっとも著名な卒業生の一人となったわけである。ちなみに、彼女の学位論文は《ゼラニウムとその他の作品》というタイトルの短篇小説集となって発行されている。

アイオワ滞在中および大学院で勉強している間、オコナーは初めての小説である《賢い血》のかなりの部分を執筆している。フラナリー・オコナーはカレッジでの教育は何の役にも立たなかったと文句を言っているが、ジョージア州立女子カレッジが大学院教育に必要となる十分な備えを彼女に提供したと言ってよいだろう。

ほとんどロバート・E・リー学長の努力のおかげと言っていいことだが、一九六一年、彼が女子教育の大義を進んで守ったこともあり、大学は再び名前を変えて「ジョージア女子カレッジ」という名前になった。フラナリー・オコナーがこの名前の変更に対してどのような反応をしたのか、ということについては記録がない。

オコナーの死後三年が経って、評議員会が共学にするようにと大学に圧力をかけた。施設が十全に使われていないからというのがその理由だった。一九六七年、初めての男子学生が入学を許され、大学は「ジョージア・カレッジ」という名前に再度変わった。これで終わりと思いきや、さらなる変更がその後も行われている。

一九八〇年代、エドウィン・G・スペイヤの統率のもと、大学は地方に根づいた大学になるものと思われていた。にもかかわらず、一九九五年、大学の使命が突然、根本的に変更された。私立の大学で受けられるのと同じ高レベルの教育経験をその何分の一かの費用で提供するために、この大学はジョージア州立の一般教育大学となった。その新しい使命のために、またまた急いで新しく名前を変えることになった。それが「ジョージア・カレッジ&州立大学」である。校史はじまって以来、最初の学長となるローズマリー・デパオロ博士が就任したのは一九九六年である。デパオロ博士の後継者もまた女性の学長で、ドロシー・レランド博士が二〇〇四年に就任している。

フラナリー・オコナー・コレクション

もっとも著名な卒業生であるフラナリー・オコナーが国際的に有名になったことは、州立大学の間で実現を待ちわびていた新しい使命をゆるぎないものにするうえにおいて大きな力となった。それに加えて、学校のもつ一般教育の伝統とイメージに寄与したのは、アイナ・ディラード・ラッセル図書館に置かれた「フラナリー・オコナー・ライブラリー」であった。ライブラリーが設立されたのは、レジーナ・クライン・オコナーがフラナリーの原稿と思い出の品を気前よく寄贈してくれたことと、ジョージア・カレッジ同窓会が一九七一年に資金を提供してくれたおかげによる。

一九七三年に正式公開されたコレクションには、文献学者が分類・整理したオコナーの主な作品のタイプ原稿約六〇〇〇ページが含まれているほか、他の言語に訳されたオコナーの翻訳作品、個人的な思い出の品（家具調

メアリー・フラナリー・オコナーの使用していたタイプライターの一つ

度品・写真・手紙・作家個人の蔵書）が所蔵されている。この立派なコレクションのおかげで、大学は世界におけるオコナー研究の中心となることができた。

また、オコナーの作品研究に特化した学術誌〈Flannery O'Connor Bulletin《フラナリー・オコナー・ブレティン》〉は、英語・スピーチ・ジャーナリズム学科の協力によって一九七二年に創刊され、今日も〈Flannery O'Connor《フラナリー・オコナー・》 Review《レヴュー》〉という名前で続いている。合衆国の一人の女性作家の研究に特化した、もっとも長く続いている学術誌である。

ブラウン＝ステットソン＝サンフォード・ハウス

一九五〇年代後半にミレッジヴィルに戻ったあと、全身性エリトマトーデスの重篤な最初の発症から回復したフラナリー・オコナーは、毎日の規則正しい執筆活動がやがて習慣となって、当たり前にできるようになった。それは、訓練を受けたすべての作家が作品を生産するために必要なことだった。オコナーは健康の許すかぎり毎朝ミサに出席し、仕事のためにアンダルシアに戻った。正午までタイプライターに向かって仕事をし、正午になると彼女とレジーナ・オコナーは車で町へ繰り出し、サンフォード・ハウス・ティー・ルームで昼食をとった。

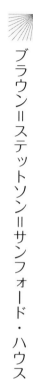

オコナーにとって、毎日とる正午の食事は重要かつ必要な社交行事だった。というのも、母娘ともにそこでミレッジヴィルの友達の多くと接し、ニュースや噂などの情報交換をし、美味しい南部仕込みの料理を味わうことができたからである。

昼食後、アンダルシアに戻るとすぐにオコナーは休憩し、午後遅くにしばしば訪問者を迎えた。レジーナ・オコナーは娘の休憩の時間を確保し、訪問客によって疲労困憊しないよう、フラナリーの虚弱な健康状態を注意深く管理していた。このようなお決まりの生活パターンは、フラナリーが病気になって亡くなる一九六四年八月まで続いている。

一八二五年に建てられたブラウン＝ステ

ハンコック・ストリートにあるブラウン＝ステットソン＝サンフォード・ハウス

ットソン＝サンフォード・ハウスを設計したのは有名な建築家ジョン・マーラーで、施主は地元のプランテーション経営者兼実業家であったジョージ・ブラウンである。この建物は、もともとはノース・ウィルキンソン・ストリート沿いに立っていた。建物は連邦様式のデザイン(30)であったが、建物の切妻壁にあるそのパラディオ様式(31)のアーチは注目に値する。

かつて酒場として使われていたこの建物は、一八三九年から一八四七年までホイッグ党(32)ジョージア支部の本部として使われたほか、政治集会、会議、ジョージア州唯一のホイッグ党出身の知事ジョージ・W・クローフォードの知事就任式の場としても使われた。ジョージ・ブラウンが一

---

(30)　一九七〇年ころから一八三〇年ころにアメリカで流行した古典主義復興の様式。

(31)　イタリア後期ルネサンスの代表的建築家アンドレア・パラディオ（Andrea Palladio, 1508～1580）の用いた建築様式で、古代ローマの列柱などの古典様式を用いた建築が特徴。

(32)　ヘンリー・クレイ・シニア（Henry Clay, Sr., 1777～1852）が一八三四年に設立した政党。一八五五年まで存続。第七代大統領アンドリュー・ジャクソン（Andrew Jackson・1767～1845）の保守的な民主党と対立し、連邦制・反奴隷制を唱える。この党の精神は、のちの共和党に引き継がれた。

フラナリー・オコナーの1日

早朝	聖心カトリック教会でのミサに参加。
午前中	アンダルシア農場に戻って創作活動。
昼食	ブラウン＝ステットソン＝サンフォード・ハウスにて母と。
午後	アンダルシア農場に戻って休憩。 来客の歓迎。

八三七年に亡くなると、建物は息子のジョンに引き継がれ、ジョンは仲間のサミュエル・ビーチャーと「州権ホテル」[33]を開いている。

一八三九年、州権ホテルは、ミレッジヴィルの新聞〈Southern Recorder《サザン・レコーダー》〉に広告を掲載した。その広告とは、「経営者より謹んで、一般のみなさまと古くからご愛顧くださっているお客様にお知らせします。当ホテルは現在、来る議会の会期に備えて、建物を新たに改装し設備を整えております」というものだった。

ビーチャーとブラウンは、このような形でジョージア州の政界の有力者たちに接近する機会を何とか手に入れようと努力した。というのも、州全土の議員や政治指導者たちは、議会の会期中はこのホテルに居住して仕事をしていたからである。

一八四〇年、ホイッグ党の大統領候補ウィリア

ブラウン＝ステットソン＝サンフォード・ハウスの居間

ム・ヘンリー・ハリソンの支持を表明するために、ブラウンとビーチャーはホテルに二つの新しい名前を付けた。「反ヴァン・ビューレン州権ホテル」と「ハリソン&改革派州権ホテル」という名前である。ハリソンが選挙で勝利を収めると、経営者は元の名前に戻している。

一八四三年、ジョージア州で新しく選ばれた知事ジョージ・W・クローフォードの就任式を州権ホテルが主催した。しかし、一八四〇年代後半までにホイッグ党の勢力は衰退し、民主党が南部の政界で優勢になってくるとホテルは安定した顧客の基盤を失い、一八四七年に営業を停止した。建物は一八五七年にダニエル・B・ステットソンに売却され[34]、彼はホテルを個人用の住居に改築した。その後一世紀、建物は二つの家族の個人住宅として使われることになった。

一九五一年、その私邸はもっとも著しい変貌をしはじめ、ミス・ファニー・ホワイトとミス・ジョー・トンプソンが所有兼経営する「サンフォード・ハウス・ティー・ルーム」となり、やが

---

(33)（State's Rights Hotel）州権とは、各州に帰属する権利のことで、とくに合衆国憲法で中央政府への委任を規定しておらず、また各州に禁じていない権限のこと。一八三九年から一八四七年まで使われた。ブラウンもビーチャーも反州権主義を唱えるホイッグ党の支持者だったにもかかわらず、なぜこのような名前をホテルに付けたのかは不明。ホテルに関する詳細は次のサイトを参照。
http://www.georgiaencyclopedia.org/articles/history-archaeology/states-rights-hotel

(34) 原著には「The building was sold in 1855 to Donald Stetson…」とあるが、年号は一八五七年、名前はDaniel B. Stetson のまちがいである。

て全国でとまではいかないにしても地域では認められるようになった。「ティー・ルーム」という名称は、当時、決まった階級の婦人たちの集会場所という意味合いがあったので、ことによると誤解を招きかねない名称であった。というのも、そこに来る常連客は確かに上品な人たちではあったが、この店の食事は伝統的なティー・ルームが提供する食事に比べるとかなり豪華なものだった。

最高の南部料理が数種類、毎日、平日の昼食時に出された。ミス・ホワイトとミス・トンプソンはともにレジーナとフラナリー・オコナーの親しい友人で、しばしばアンダルシアを訪れ、時々店の有名な料理を何種類か持ってきてくれたが、それは何よりも、レジーナとフラナリーにとっては嬉しいことだった。フラナリー・オコナーの好きなサンフォード・ハウスの食事は、エビフライ、ロースト・ビーフ、エビサラダ、ペパーミント・パイなどであった。

近隣のみならず遠く離れた地域の人たちも残念がったのは、サンフォード・ハウス・レストランが一九六六年に閉鎖したことである。このレストランで出される食事は今もって、ミレッジヴィルのみならず、はるかに離れた地域の人たちの心の中に思い出の料理として残っている。サンフォード・ハウスの美味しいサラダ・ドレッシングのレシピは、長年にわたってミレッジヴィルの門外不出とされる秘密の一つだった。

解体工事を免れたその建物は、一九六六年、ウェスト・ハンコック・ストリートに移転し、博物館兼公民館として使用されることになった。その後、ブラウン＝ステットソン＝サンフォード・ハウスは一九七二年にアメリカ合衆国国家歴史登録財に加えられ、ミレッジヴィルの史跡めぐりの観光スポットの一つとして存続している。(35)現在、この建物は、ジョージア・ミリタリー・カレッジにある旧州議会議事堂博物館が管轄している。(36)

中央州立病院

オコナーの作品を読む読者のなかには、オコナーの描く風変わりでしばしばグロテスクな登場人物と、ジョージア州ハードウィック、ミレッジヴィルから南に数マイル離れた所にある中央州

(35)（National Register of Historic Places）国または州にとって歴史的に保存の価値があると内務省国立公園局によって判断・指定された地域・史跡・建築・構造物・物件。二〇一五年現在、その数は九万件以上に上っている。登録財の所有者は、保全に必要な支出に対する税の優遇措置が受けられる。一九六六年制定された国立歴史保全法に基づく。

(36)ミレッジヴィルのツアーについては次のサイトを参照。http://www.visitmilledgeville.org/。ブラウン＝ステットソン＝サンフォード・ハウスについては次のサイトを参照。http://www.oldcapitalmuseum.org/index.php/stetson-sanford-house/

立病院（精神病院）の患者たちの結び付きを見つけだそうとする人たちがいる。オコナーがこの病院を題材として描いたということを示す証拠は何もない。しかし、ジョージア州のすべての住民と同様、彼女はその病院の存在はかなり意識していたし、ミレッジヴィルとその州立病院にからめて言われる冗談、「よお、ミレッジヴィルの出身だってね！　いつ退院させてくれたんだい？」といったことについてももちろん知っていた。

かつて世界最大の精神病院で、ボールドウィン郡における経済の重要な一部を担ってきたにもかかわらず、中央州立病院とその周辺地域はミレッジヴィルとはまったくつながりがなかった。しかし、病院のスタッフたちは、しばしばミレッジヴィルの地域の祭りで活躍している。

中央州立病院のパウエル館

短篇小説《パートリッジ祭》のなかで唯一、オコナーは精神病院を用いているが、もっと重要なことは、おそらくこの作品がミレッジヴィルで実際に起こった事件の解釈に基づいて描かれているということである。オコナーは、その事件を自身の目的にかなうようにアレンジして、その目的のために、物語のクライマックスの場面として精神病院を用いている。

一九五三年春、ミレッジヴィルでは一五〇周年記念の祝典が行われ、野外劇や歴史的事件の再上演が行われた。それらのイベントのメインはもちろん、多くの頑固な保守主義の南部人たちが愛してやまない南北戦争および南北戦争っぽい雰囲気であった。

たとえば、ミレッジヴィルの男たちは髭をはやすか、さもなければ髭を剃る許可証を得るためには金を払わなければならなかった。一方、女性たちは、南部連合軍婦人としての身分にふさわしい服装をしなければいけなかった。この規則を破る者は、祭りのバッジを買わない者を含めて公衆のさらし台に置かれるか、野外便所に拘置されることになった。そのような悪ふざけを楽しんで見ていたフラナリー・オコナーの風刺の目を容易に想像することができる。

しかし、ミレッジヴィルで実際に行われたこのイベントは、もっとも著名な市民の二人が、彼らに

現在の中央州立病院の建物

作品に描かれた精神病院

若者が呆然とすわっているうちに、車は意志をもつもののように右折し、入り口へと進んでいった。なんの苦もなく空中を横切るコンクリートのアーチに、「クインシー州立病院」という文字が彫ってある。「いっさいの希望を捨てよ、この門を入る者」と彼女がつぶやいた。（「パートリッジ祭」『フラナリー・オコナー全短篇（下）』351ページ）

不満をもつ社会的最下層の人間に惨殺されるという事件が起こったために台無しとなった。犯人は二人を殺害したあとに自殺している。

オコナーはこの事件における事実を脚色し、のけ者のシングルトンを登場させた。パートリッジでツツジ祭のバッジを買わなかった彼を模擬裁判にかけて有罪とし、一〇日後に釈放された彼が、祭りの最中に五人の高官と罪のない一人の市民を撃ち殺して復讐をするという設定である。シングルトンの事件に関心をもった反逆児的芸術家・神秘主義者カルフーンは、彼を溺愛する大叔父を訪ねてパートリッジに来るのだが、その目的は、ただひたすらシングルトンと彼の反逆についてもっと詳しく調べることだった。

カルフーンと、彼のライバルでありながらも彼の生き写しともいうべきメアリー・エリザベスの二人の目には、シングルトンの反逆は抑圧的で愚かしい共同体と見なしているものに対する「英雄的な」反逆に映った。カルフーンが言うように、「「シングルトンは」深みのある人間だったが、生きていた周囲の世界は戯画的世界だった。最終的に彼を狂気に追いやったのは、そのような世界に住む人々であり、爆発してありったけの暴力を振るったのも彼ら自身に対してなのだ」。

ともに自身を作家と見なすカルフーンとメアリー・エリザベスは、共同体によって「十字架にかけられた」男という物語の設定で、それぞれ小説とノンフィクションを書きたいと思っている。物語の滑稽きわまるクライマックスは、シングルトンが入院させられた精神病院、クインシー州立病院で起こる。どういうクライマックスかということについては、二人の愚かで無知な若者が当然の報いを十分に受けることになる、とだけ言っておけば十分であろう。

オコナー自身は、この作品を最良作品の一つとしては決して数えていないが、読者にはおなじみの主題、つまり世俗的な人道主義者である主人公たちの風船のように肥大化した自我と優越感が破裂するという主題がはっきりと体現されている。カルフーンとメアリー・エリザベスは予想に反し、「素朴な」町の人たちのしたことが正しく、シングルトンは「最悪の極悪人」であるという事実に目を開かれる。この物語にふさわしい背景となっているのが、中央州立病院と、その他同種の施設なのだ。

聖心カトリック教会

一九五〇年代後半にミレッジヴィルに戻ったフラナリー・オコナーは、町の中心部ジェファソン・ストリートとハンコック・ストリートの交差地点にある聖心カトリック教会での礼拝に再び参加するようになった。健康状態が悪化して動けなかった場合を除いて、毎日、ミサに出席していた。

この教会の設立にあたっては、オコナーの母方の先祖、ミレッジヴィルのトレナー家とクライン家が中心的な役割を果たしている。というより、トレナー家とクライン家の歴史の説明なくして、ミレッジヴィルにおける聖心カトリック教会やカトリックそのものの歴史を語ることは不可能である。

ミレッジヴィルで最初のミサが挙げられたのは一八四五年四月のことで、聖ベネディクト会のJ・J・オコンネル神父によって、ニューウェルホテル（のちに取り壊された）内にあったヒュー・ドネリー・トレナー（フラナリー・オコナーの曽祖父）の部屋で行われた。「最初のミサを挙げた場所は、私の曽祖父にあたる人の旅館の一室でした。それからは自宅のピアノの上でミサをあげました」(37)と、オコナーは書いている。

母方のオコナーの先祖に関してもっとも我々の関心を引くのは、フラナリーの母レジーナ・クライン（・オコナー）が、マーガレット・アイダ・トレナー（ヒュー・トレナーの娘）と寡夫ピーター・ジェームズ・クライン（マーガレット・アイダの妹である前妻ケイト・トレナーとの間にすでに七人の子どもをもうけていた）に生まれた九人の子どものうち七人目であったことである。

オコナーの曽祖父ヒュー・ドネリー・トレナーは、最初のカトリックの居住地であるジョージア州ローカスト・グローブから、一八三三年にミレッジヴィルに引っ越してきた。一八四八年に結婚した曽祖母のジョハンナ・ハーティーはアイルランド生まれで、この国に最初に居住したオコナーの先祖の一人であり、アイルランドのティペラリー出身のパトリック・ハーティーの娘であった。

製粉所の経営者として成功していたヒュー・ドネリー・トレナーは、ミレッジヴィルにおいて最初となるカトリックの居住者であった。フラナリーの母方にあたるもう一人の曽祖父ピーター・クラインは、一八四五年にアイルランドから移住して、ジョージア州オーガスタで一時はラテン語の教師をしていた。祖父ピーター・ジェームズ・クラインはミレッジヴィルで成功した実業家であるとともに著名な人物でもあったようで、一八八八年にカトリックで初めての市長に選

(37)　『存在することの習慣』二九九ページ。

聖心カトリック教会（1951年　撮影：ロバート・W・マン）

ばれている。

一八五〇年、ローマ・カトリック・サヴァンナ教区が定められた。ジョージ州は、それまでチャールストン教区の一部であった。一八七一年、ミレッジヴィルの週刊新聞〈Union and《ユニオン・アンド・》 Recorder《レコーダー》〉の編集者が、外国出身のカトリック市民たちによる複数の投稿を利用してカトリック教会建設の必要を主張したが、すぐには決まらず、一八七三年になってようやくミレッジヴィルのカトリック教徒たちが一同に会し、教会を建てることが決まった。フラナリー・オコナーの祖父ピーター・クラインが、その会合の議長を務めている。

その年の後半、二つの土地が売りに出された。聖心カトリック教会を建てるための土地として、地元のカトリック教徒たちがその土地を取得している。

これらの土地は、ウィリアム・マッキンレーがジェファソン通りに面した四〇フィート［約一二メートル］にわたって所有していたもので、九月にハンコック・ストリートとジェファソン・ストリート北が交わる角地をジョージ・ハーズにまず売却し、その二日後、ハーズがその土地をサヴァンナ司教ウィリアム・H・グロスに売却したものである。きわめて重要なことは、フラナリー・オコナーの曾祖母ヒュー・ドネリー・トレナー夫人が教会のためにその土地をハーズ氏から買い取ったということである。そのため、教会堂の隅の礎石には、トレナー夫人からの寄贈を記念する銅のプレートが飾られている。

このような次第で、一〇〇年以上にわたって、トレナー家とクライン家は聖心カトリック教会の歴史のなかで異彩を放つ重要な存在となっている。九九歳で亡くなるとき、レジーナ・クライン・オコナーは聖心カトリック教会にかなりの金融資産を遺贈している。教区のために物惜しみせずに尽くした人にとって、ふさわしい最期だった。

一八七三年にグロス神父が州議事堂での公開演説で弁をふるってからというもの、右記の地所にあった旧ラファイエットホテルの敷地に教会を建てるための募金がすぐに集まった。一八七四年、教会があと少しで完成という時期に〈ユニオン・アンド・レコーダー〉で記事が掲載され、建物内部の広さは三〇フィート×三〇フィート、天井の高さは床から二二フィート、

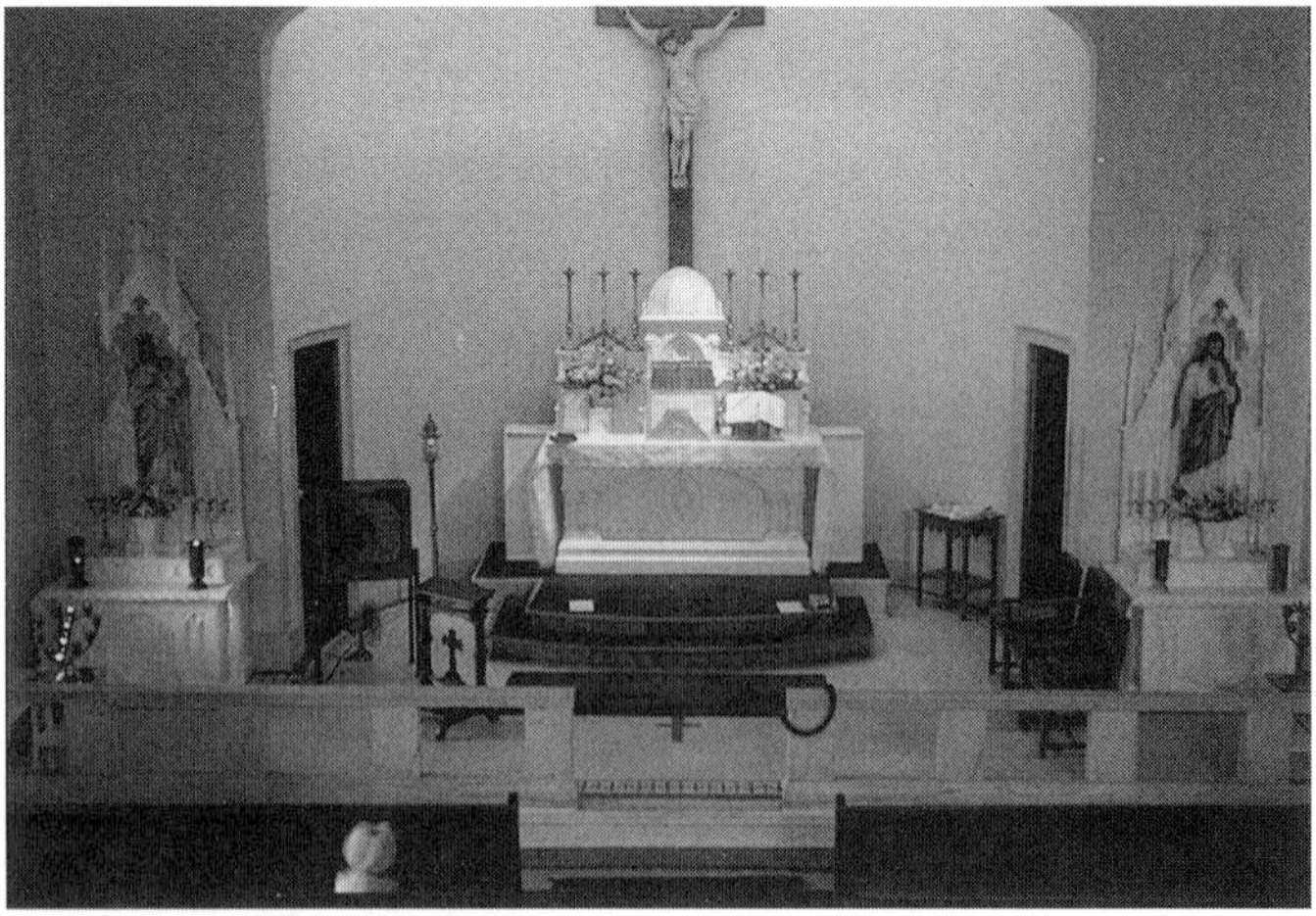

聖心カトリック教会の祭壇（1951年　撮影：ロバート・W・マン）

窓はゴシックスタイルで、かつてラファイエットホテルで使われていた手製の押型ガラス(38)が付けられていることが分かった。礼拝室は一五〇人を超える人が収容できるように設計されており、尖塔の高さは六〇フィートとなっていた。建築総費用は、今日の基準ではびっくりするような安さで、わずか四〇〇〇ドルだった。

一八七四年に建物が完成したあと、教会はグロス神父によって聖心会(39)に献納された。完成初期には、司祭たちがメイコンやオーガスタやサヴァンナから教区の務めを果たすためにやって来ていた。最初に住み込みの司祭となったのはロバート・ケネディー神父で、一八八九年から一九〇四年まで務めをなし、教会堂の構造に改良を加えたほか、礼拝堂と聖具保管室のスペースを広くしようと考えて建物を拡張している。

教区で奉仕した注目に値するもう一人の司祭はリチャード・ハミルトン神父（任期一九〇六〜一九一一）で、彼の音楽と演劇好きに導かれて、多くの若者たちが芸術に初めて接する機会をもつに至った。ハミルトン神父は、教会堂の聖壇(40)用の七つの枝のついた燭台を、有名女優であり、

(38)　金属製の型にプレスしてつくられたガラス。
(39)　一八〇〇年に聖マグダレナ・ソフィア・バラ（St. Magdalena Sophia Barat,1779〜1865）によってフランスで創立され、一八二六年に認可されたカトリック修道女会。日本では、学校法人聖心女子学院がこの系列にある。
(40)　カトリック教会で特に神聖とされる一番奥の祭壇。

司祭の個人的な友人でもあるサラ・ベルナールからプレゼントしてもらっている。燭台は現在でも使われており、それは「サラ・ベルナール」と呼ばれている。

聖母マリアの像はとくにオコナーにとっては重要なものであったと思われるが、マリアに対する思い入れについて感傷的なことは一切語っていない。詩人ジェラルド・マンリー・ホプキンスと同様、彼女にとってマリアは、安らかな眠りを連想させるものだった。ホプキンスは詩のなかで、「以前、マリア様は私たちが吸う空気のような存在だった。だが、眠りという贈り物のなかにこそマリア様がいるのだと分かるようになった。マリア様のいない人生は、私には眠りのない人生に等しい。しばらくキリストをその胎に宿したように、私たちが安らかに目を覚ますことができるようにと、しばらく眠りのうちに私たちの人生を包んでくれる」[41]と語っている。

聖心カトリック教会内部に現在飾られてある「十字架の道の留」

教会の歴史におけるその他の画期的な出来事として、この教会で執り行われた初めての結婚式が挙げられる。一八七五年二月八日、ピーター・ジェームズ・クラインとケイト・トレナーが結ばれている。一方、教会から出した初めての葬儀は、ヒュー・トレナーとジョアンナ・ハーティー・トレナーの娘であるメアリー・トレナーのもので、一八七六年四月一〇日に執り行われた。

フラナリーの両親であるレジーナ・クラインとエドワード・フランシス・オコナーが聖心カトリック教会で結婚式を挙げたのは一九二二年一〇月一四日だった。後年、二人の葬儀も同教会で執り行われている。

一九四一年に家族でミレッジヴィルに引っ越したあと、フラナリー・オコナーはジョセフ・G・キャッシディー神父と知り合い、次にジョン・D・トゥーミー神父と知り合いになったとされている。ちなみに、一九六四年、フラナリーの葬儀を執り行ったのはキャッシディー神父であ

(41)　ホプキンスの詩 "The Blessed Virgin Compared to the Air We Breathe." からの引用（田中訳）。オコナーは一九五五年一〇月二〇日、ベティ・ヘスター宛書簡のなかで、「数週間ずっと寝ないでいたことが一度ありました。高熱が出て、睡眠を妨げる作用のあるコルチゾンを大量に服用していたせいです。睡眠に飢え乾きました。それ以来、睡眠を比喩的に神の母と結び付けて考えるようになりました」（*The Habit of Being*,p. 112　田中訳）という言葉に続けてこの詩を引用している。参考までに、「Hopkins Archives 2003」のサイトに Hank T. Edmondson による "Flannery O'Connor, Gerard Manley Hopkins and Silence" というエッセイが掲載されている。エドモンドソンは、「オコナーとホプキンスは、ともに読者を神の超越性に誘う文学の力を信じる同行者である」と冒頭で述べている。http://www.gerardmanleyhopkins.org/lectures_2003/flannery_oconnor.html

る。しかしながら、ミレッジヴィルへ引っ越す以前の夏、母の実家に長期間ゆっくりと泊りがけで遊びに来ていたとき、すでに神父たちと知り合っていたであろうことは確実である。

一九五〇年代と一九六〇年代、オコナーが礼拝に出席していた当時の聖心カトリック教会の会員は約五〇名だった。南部の多くの地域と同様、ミレッジヴィルにおいてカトリックは確かに少数派であったが、聖心カトリック教会は会員数を増やし続けた。一九五〇年代の初期、トゥーミー神父は週末ミサを三回も行いはじめたほか、一九五一年九月、幼稚園から第六学年までの子どもたちのためのカトリック学校を開校している。学校は司祭館のすぐ隣にあり、「聖ヨハネ修道女会」[42]が管理した。

「聖ヨハネ修道女会」のシスターたちがミレッジヴィルに住んでいた時期に、その修道女会のシスター・ロレッタ・コスタからフラナリー・オコナーはピアノのレッスンを短期間受けていた。しかし、オコナー自身の証言によれば、「生まれつき音痴」であると言い、付け加えて、「私をどうしたらよいかは、［音楽家の守護聖人］聖セシリアでも分からないでしょう」とも言っている。

幼いころにアコーディオンを弾こうとしたことがあったようだが、そのことは「音楽とは何の関係もなかった」[43]。彼女はただ、その楽器の「きらびやかな動き」がお気に入りだったと言っている。オコナーのユーモアは彼女自身に向ける場合もよくあり、滑稽に、大げさに語るのがその特徴となっている。音楽的素養がなかったことを話題にしているときも、その例外ではない。

残念なことに、カトリック学校はその他の地域で修道女が不足していたために一九五六年に閉鎖されたが、カトリック学校が開校される前も後も、「慈悲修道女会《シスターズ・オブ・マーシー》」(44)がメイコンから毎週日曜日にはるばるやって来て、日曜学校を開いていた。

教会がもっとも大きく変わったのは、フラナリー・オコナーが亡くなってから約九年経ったときである。一九七三年、デニス・デュレア神父の指導のもと、約五万ドルの費用をかけて金色の絨毯(45)が敷かれ、同じく金色のカーテンが祭壇と告解聴聞席の両側のドアに掛けられ、東洋風の赤絨毯が玄関から主祭壇まで敷かれた。それ以外にも、新しいシャンデリア像式の分厚い細長い絨毯が玄関から主祭壇まで敷かれた。

(42)（Sisters of St. Joseph）一六五〇年フランスに設立されたカトリックの女性修道会で、一八三六年にアメリカに渡ってきた。本文中に言及されている修道会は、一八四〇年にアメリカ・セントルイス郊外に設立された「キャロンデレット聖ヨハネ修道女会」のこと。

(43)一九六三年一一月五日付のジャネット・マッケイン宛の書簡（*The Habit of Being*, p. 545　田中訳）。この書簡によれば、オコナーは何か楽器を演奏したいといつも思っていたが、自分には才能がないということを悟っていたことが分かる。音楽とのかかわりを語っている興味深い書簡である。

(44)一八三一年にキャサリン・マコーレー（Catherine McAuley,1778～1841）によってアイルランドのダブリンに創設された修道女会で、アメリカには一八四三年に創設されている。次のサイト参照。http://www.sistersofmercy.org/

(45)元来は、紀元前六～五世紀にアテナイで発達した壺絵の一技法で、人物などの像の部分は赤の地肌のまま残して、残りの部分を黒く塗りつぶす方式。

と会衆席が加えられ、すべての木工品は自然な仕上がりに修復され、教会堂全体が再塗装されている。

聖心教会は一九七四年に一〇〇周年記念を迎え、アトランタの大司教（デュレア神父）が儀式を司り、改装された教会を祝福し、神に再び奉献した。一九八五年、以前は司祭館と教会堂の間にあった建物が、「フラナリー・オコナー・ホール」と新たに命名された。

今日の聖心カトリック教会の会員はおおよそ三五〇人となっている。会員が増えた理由は、一九六〇年代初期のカストロ革命後にキューバ人が家族でミレッジヴィルやボールドウィン郡に流入してきたからである。現在、増えた会員を受け入れるために、毎週末にミサが四回行われている。[46]

フラナリー・オコナーの葬儀は読誦鎮魂ミサの形式で、[47]前述のジョセフ・キャッシディ神父による司式のもと、八月四日火曜日午前一一時に聖心カトリック教会で執り行われた。教会堂は満席だったが、あふれかえるほどの参列者がいたわけではなかった。多数の弔詞が地方紙と全国紙に掲載され、そのうちの一紙〈ニュー・ヨーク・タイムズ〉には、オコナーは「アメリカでもっとも前途有望な作家の一人」と書かれていた。

ところで、オコナーの創作には聖心カトリック教会の建物は一切描かれていない。さらに言うならば、カトリック主義が役目を果たしていることがはっきりと分かる作品は、《聖霊の宮》、《強

オコナーの根底にあるもの

回心に関してあなたがおっしゃっているのは、最初の回心のことだと思います。おそらく私の考えていることは、回心というものは徐々に深まっていくものだということです。回心は一回きりのもので、一度回心したらもうそれで十分というものではないと思います。回心の過程は、いったんはじまったら、その人の心は継続的に神の方に向かい続けて自己中心的な自我から離れていくもので、回心した人はそのような自我から離れるために、自分自身の自己中心的な側面を見つめなければならないのだと私は考えます。神がどれほどのものか、私は私ではないすべてのことを基準に考えます。まずは、そこからはじめます。（1961年2月4日付のベティ・ヘスター宛の書簡、*The Habit of Being*, p. 430.　田中訳）

制追放者》、《長引く悪寒》だけである。《強制追放者》の司祭がいかにも卯建《うだつ》の上がらない司祭で、《長引く悪寒》の司祭がどれほど厳しい司祭であるにしても、両作品において司祭は、独りよがりで心の頑なな主人公に対して恩寵の瞬間をもたらす触媒の役目を果たしていることが読み取れる。

オコナーは、自らのカトリック信仰を作品のなかで露わにすることはなかった。彼女は「バイブルベルト」と呼ばれる[48]原理主義的なプロテスタントの盛んな地域に住んでいたので、ローマ・カ

(46)　一九五九年、キューバの政治家フィデル・カストロ（Fidel Castro,1926〜）が主導した革命。一九五三年来の親米独裁政権を倒して、自ら首相・国家元首に就任し、社会主義化を推進した。

(47)　聖歌隊の合唱や音楽を伴わず、魂のためのミサ文の読誦のみが行われるもっとも単純化されたミサであり、もっとも一般的な形式。

トリック教会に対する多くのプロテスタント信者たちの見方を意識していた。彼女は、初めての小説である《賢い血》とさらに《強制追放者》のなかで、彼らの無知蒙昧を風刺している。《強制追放者》においては、登場人物のショートレー氏が「おれは酪農の仕事にローマ法王の口出しなんぞまっぴらだぜ(49)」と語る場面などに、その蒙昧ぶりが表現されている。

作品にカトリックの教会堂は描かれていないかもしれないが、彼女が書いたすべての根底にはカトリック信仰が横たわっている。カトリック教会の教義の権威と教えを固く信じていたフラナリー・オコナーは、人間に必要なことは尊敬の念と従順な心、そして自らを律する態度をもって神に服従することであると主張した。キリスト教作家として、オコナーは自らに「神のつくったものをはっきりと示すこと」という目的を定めた。人が作家として祈り求めるべきことは、「神よ、私に真実を誤りなく見、正確にそれを書かせ給え(50)」と願うことであると彼女は信じていた。

メモリー・ヒル共同墓地

フラナリー・オコナーは、一九六四年八月四日、メモリー・ヒル共同墓地内の家族が所有する区画に埋葬された。墓所を訪れようとする人は、最初の舗装道路で左に曲がり、共同墓地の正門で左方向に半ブロックほど進み、その道の左側、フェンス脇にあるクライン家の区画に行けばよい（東側・A区域・三九区画・人物七）[51]。

墓石には「メアリー・フラナリー・オコナー（レジーナ・ルシール・クラインとエドワード・フランシス・オコナー・ジュニアの娘）、一九二五年三月二五日ジョージア州サヴァンナ生まれ、一九六四年八月三日ジョージア州ミレッジヴィルにて死亡」と書いてある。そして、娘よりも三一年も長生きしたレジーナ・クライン・オコナーの遺体は、父と娘の間に埋葬されている。また、その他の親族も近くに埋葬されている[52]。

---

(48)　原理主義は米国プロテスタント内で第一次世界大戦後に盛んになった信仰で、天地創造・処女受胎・キリストの奇跡・復活などを含め、聖書の記事を文字どおりに神の言葉として信じ、進化論にも反対している。「バイブルベルト」は、この原理主義の盛んな主にアメリカ南部・中西部を指す言葉で、ジャーナリスト、エッセイストのH・L・メンケン（H. L. Mencken,1880〜1956）による造語。

(49)　『フラナリー・オコナー全短篇集（上）』二二九ページ。

(50)　一九五六年一月一七日付のベティ・ヘスター宛の書簡（*The Habit of Being*, p. 131.　田中訳）。

(51)　オコナーの墓を探すには次のサイトが役に立つ。http://www.friendsofcems.org/memoryhill/default1.htm?SQLSelect2.asp?key=EA03907&2　実際に現地を訪れて見つからないときは、ウェスト・フランクリン・ストリートを挟んだ墓地の反対側にある第一バプテスト教会（First Baptist Church）から見て、正面の街灯の下付近を探せばすぐに見つかる。

公共使用の目的で一八〇四年に造られた南広場には、メソジスト教会が一八〇九年に礼拝施設を建て、教会墓地を造っている。やがて教会はその他の教会があった州議会堂広場に移転し、南広場は、その後ミレッジヴィル市営墓地となった。一九四五年、「メモリー・ヒル」という言葉がミレッジヴィル市営墓地に冠せられることになった。しかし今日、その場所は単に「メモリー・ヒル」と呼ばれるようになっている。

アメリカ合衆国国家歴史登録財に「ミレッジヴィルの歴史地区」として登録されたメモリー・ヒルには、多くのジョージア州議員だけでなく、あらゆる職業の幅広いジャンルの人たちが埋葬されている。政治家のカール・ヴィンソン、肖像が南北戦争のもっとも有名な写真の一つとなっている若き南軍兵エドウィン・F・ジェミソン、有名な科学者チャール

メモリー・ヒル共同墓地の入り口

ズ・ハーティ、心霊術者・手品師「小さなジョージアの磁石　アニー・アボット」の名で知られたディクシー・ヘイグッド、アメリカ西部最後の無法者の一人「グレイ・フォックス」ことビル・マイナーもここに埋葬されている。そのほか、墓標のない奴隷たちの墓も、中央州立病院にかつて居住していた患者たちと同様、墓地の奥のほうに見つけることができる。

　長年にわたってフラナリー・オコナーの墓は、ミレッジヴィルとメモリー・ヒルを巡礼に訪れるたく

(52)　フラナリー・オコナーの遺体は火葬ではなく土葬されている。ローマ・カトリック教会が火葬禁止令を撤廃したのは一九六五年であり、アメリカで火葬が徐々に行われるようになったのはそれ以降であるが、キリスト教の復活信仰の強いアメリカでは、今日でも土葬が一般に行われている。

メアリー・フラナリー・オコナーの墓石

さんの人たちの目的地となっている。オコナーの作品を愛好する人たちは、しばしば花や小銭やその他の記念品、さらには亡くなったオコナーに宛てた感動的な手紙や感謝の手紙を墓所に置いていく。彼女の創作の力が後世まで生き続いていることを、はっきりと示す証拠である。

第3章

アンダルシア

1962年、アンダルシアの母屋正面の階段で松葉杖をついているフラナリー・オコナー（撮影：〈アトランタ・コンスティテューション〉所属のジョー・マクタイヤ）

フラナリー・オコナーの大半の作品が創作された場所アンダルシアは、樹木に厚く覆われた美しい農場で、かろうじてミレッジヴィル市の境界線内に位置している。一九五〇年の後半から一九六四年までオコナーがここに住んでいた当時は、市の境界線からかなり外側の「田舎」にあった。

現在、五四四エーカー［約二・二平方キロメートル］のこの農場は公益信託兼歴史的重要財産であり、近くに急速に発展する商業地域があるとはいえ、何年も前にフラナリー・オコナーに美しい環境とほっとした気持ちを提供していたのと同じく、訪れた人たちにも安らぎを与える心の避難所となっている。

この田舎の情景をもとに、フラナリー・オコナーは野原や森を作品に描いた。野原と森は、《火の中の輪》における人の罪を洗い清めるような火事の場面や、《森の景色》におけるキリストの取り付いた森のように、人々の出会いの中心の場として、あるいは聖なる森羅万象の神秘を示す重要な背景として創作上において大変重要なものである。

この農場は一般に開放されているので、訪れた人たちは自由に敷地内を歩き回ったり、家の中を見て回ったりすることで、フラナリー・オコナーの作品と彼女の世界を理解することができるだろう。

一九四五年にジョージア州立女子カレッジを、一九四七年にアイオワ州立大学のライターズ・

作品に描かれた森と農場

　男の子が十三にもなれば、わるいことをするのは一人前だと思ったほうがいいですよ。なにをしでかすかわかったもんじゃない。次にどこをねらうか、見当もつきゃしない。今朝うちのホリスがね、雄牛の小屋の後ろであいつらを見たんですよ。あの大柄な子がきいたそうです、どこか体を洗えるところはないかって、それでうちの人は、そんなところはないって言って、それから、おまえたちがたばこの吸い殻を森に落とすんじゃないかって、奥さんが気にしているって言ってやったんだそうです。そうしたらあの大柄のが「この森だってあの女だって、みんな神様のもんだい」って言ったんだって、それからあの眼鏡をかけたのが「あの人はこの牧場の上の空までもっているんだろうな」って。（「火の中の輪」『フラナリー・オコナー全短篇（上）』163ページ）

ワークショップを卒業すると、フラナリー・オコナーはアイオワの大学院で創作に取り組み、ニューヨークでしばらくの間過ごしている。ニューヨークにいるときは、大都会の真ん中とヤッド財団［iiiページの注2を参照］の芸術家たちのためにある別荘の両方で過ごしている。しかし、都会生活は肌に合わず、コネチカット州リッジフィールドにあるサリー＆ロバート・フィッツジェラルド夫妻が住む家に下宿することにした。

　この夫妻を紹介してくれたのはニューヨークのロバート・ローウェルだった。この人たちとの快適な日々が突然打ち切られたのは、オコナーが一九五〇年後半に病気になり、ミレッジヴィルに戻ることを余儀なくされたときである。ミレッジヴィルに帰ってすぐに入院したわけだ

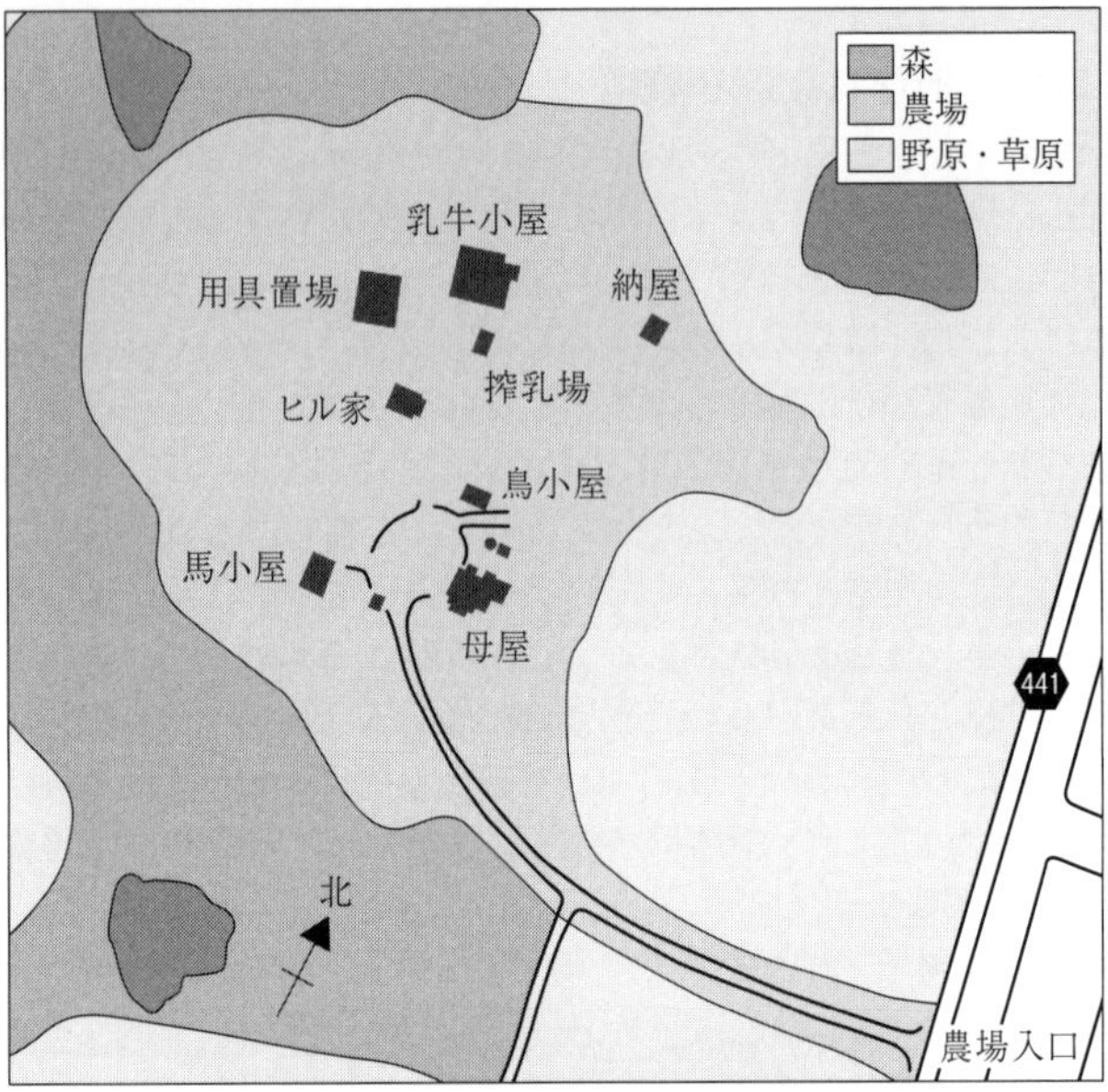

アンダルシア農場内の地図

フラナリー・オコナー：アンダルシアの小さな居間にて（1962年　撮影：〈アトランタ・コンスティテューション〉誌のジョー・マクタイヤ）

が、危うく彼女は死ぬところだった。

オコナーはアンダルシアを住居とした。アンダルシアは町中にあるクライン家よりも彼女にとっては便利な所だった。家には地面と同じ高さにある裏口から入れるし、寝室も一階にあったからである。(1) レジーナ・オコナーの寝室もまた一階にあり、フラナリーの寝室のすぐ後方にあった。そのため、農場の忙しい生活だけでなく、娘の健康管理も行うことができた。

フラナリーの死後、レジーナはクライン邸に引っ越しているが、その後も続く農場活動を監督するために毎日農場へは通っている。一九九五年、九九歳でレジーナ・オコナーが亡くなると、二〇エーカー［八万九四〇平方メートル］の農場施設がレジーナの姪の一人であるマーガレット・フローレンコート・マンとその夫ロバートの所有となった。

（1）松葉杖の使用をしていたため、階段のあるミレッジヴィルの母の実家で生活するよりもアンダルシア農場のほうが便利であったことを意味する。ベティ・ヘスター宛の書簡によれば、一九五五年九月二四日には「松葉杖を使っての、歩行の練習をしています。聖トーマスやアリストテレスのことなど考える理由をもたない、体のこわばった大きな類人猿になったような気分です」（*The Habit of Being*, p. 104・田中訳）と書いてあり、フラナリーはすでに松葉杖の使用を開始していたことが分かる。ミレッジヴィルに帰還した一九五一年当初から、足に症状が出ていたものと思われる。全身性エリトマトーデスの症状の一つは、膝関節の痛みであるとされている。参照サイト「難病情報センター／全身性エリトマトーデス」http://www.nanbyou.or.jp/entry/53

マーガレットが二〇〇二年に亡くなると、ロバート・マンはアンダルシアを公益信託[2]にする手続きを取り、農場をフラナリー・オコナー＝アンダルシア財団に寄付した。そして二〇〇三年には、レジーナの財産であったアンダルシアの残りの部分（マーガレットの妹であるルイーズ・フローレンコートが所有する二一エーカーを除いて）が財団に寄付された。このロバート・マンは二〇〇六年に亡くなっている。

農場の歴史小話

この農場のある土地には、とても面白くて長い歴史がある。たとえば、氾濫原の上にあるアンダルシアのこの土地は、かつてアメリカ原住民のオクテ族[3]の居住地であり、ヘルナンド・ド・ソートーが一九五四年に（その後、ミレッジヴィル市が創立されることになる場所から約六マイル［約九・六キロメートル］離れた）オコニー川を渡ったときに交戦したという記録がある。

このアメリカ原住民たちは、たくさんの陶器・道具・武器とともに、たくさんの土地の名前を残してくれた。野生動物がたくさんいて、土地が肥沃で気候が快適だったことが理由で、この土地に原住民たちが居住したり、ヨーロッパから渡ってきた人たちが移住したりしたのであろう。

実に一八世紀末までに、アメリカ原住民たちはオギーチー川(4)とオコニー川の間の約三〇〇エーカー［一・二一四〇平方キロメートル］の土地を割譲している。

一九世紀のジョージア州においては農業が経済基盤であったので、ボールドウィン郡は多くのプランテーションの本拠地となり、現在アンダルシアとして知られている土地もそのようなプランテーションの一部であった。

この土地にもっとも早くに居住した人として知られているのはジョセフ・ストーヴァルだが、事実、初期の土地財産所有権の記録のなかに、この区域は「ストーヴァルの土地」という記録があった。しかし、ストーヴァルと彼の家族は、多くのプランテーション経営者と同様、町に住んでいた。彼のプランテーションは、トブラー川(5)沿いの合計一七〇〇エーカー［約六・八八平方キロメートル］の広さであった。

(2) 金銭、土地、有価証券などの財産を、教育・学術・慈善・福祉といった公益事業に振り向けることを目的とする信託。
(3) ジョージア州南部に住んでいた酋長オクテの率いる部族。当初、ヘルナンド・ソーとーと同盟を組んで敵対する他の部族と戦ったこともあったが、その同盟は短期に終わり、その後交戦するに至った。
(4) (the Ogeechee) ジョージア州東部を南東に流れ、大西洋に注ぐ全長約四七三キロメートルの川。
(5) (Tobler Creek) ボールドウィン郡を流れるオコニー川下流の支流。

ストーヴァルが亡くなると、その区画をネイサン・ホーキンズが購入している。ホーキンズは一八五〇年代のミレッジヴィル市長であり、州議会においてボールドウィン郡の代表も務めた人物である。ストーヴァルと同じようにホーキンズも町に住んでいたが、農場内に居宅を建て、地域でもっとも富裕なプランテーション所有者の一人となり、かつて一〇〇人を超える奴隷も所有していた。

シャーマン将軍が一八六四年にボールドウィン郡に進軍してきたとき、ホーキンズの家は破壊されないですんだが、プランテーションは剥奪されている。奴隷たちがのちに解放されたのは言うまでもないが、それによってホーキンズ一家は大変な経済的痛手を被っている。

一八七〇年、ホーキンズの死とともに一一三四エーカー［約四・五九平方キロメートル］のプランテーションはホーキンズに対する訴訟判決の結果、競売にかけられ、ケンタッキー州のトマス・ジョンソン大佐に与えられた(6)。家屋と付属建物からなる残りの区域は、ネイサン・ホーキンズの未亡人アマンダの生涯不動産となった。その後、三五年間にわたって不動産文書のなかでその規模が未確定だったこの区域が、今日、アンダルシアの境界線を制定していることを知って興味を抱く見学者もいるかもしれない。

評判の高い実業家兼農場主であったジョンソン大佐は、ホーキンズのプランテーションの権利を三〇年間にわたってもち続けたが、そこで生活をしたことは一度もなかった。一九〇五年、彼はその土地をミレッジヴィルのマディソン・マックローに売り、マックローはその後、地所の半分をミレッジヴィルの判事ジョン・T・アレンに売っている。アマンダ・ホーキンズの子孫たちは、アマンダの生涯不動産が彼女の死後、自動的にジョンソンの不動産に戻ることを認めなかったため法廷闘争となったが、(7) 裁定の結果、その区域はジョンソンの不動産となった。

マディソン・マックローの未亡人と二人の娘たちは、一九一六年のマディソンの死後、その土地を相続した。クラインズ・ブリッジ・ワゴン道路としても知られていた（現在のUS441号線）旧シェフィールド・ワゴン道路の舗装に伴い、その土地は南北に走る道路によって二つに分断された。道路の西側の土地は約七一二エーカー［約二・八八平方キロメートル］、東側の土地は一〇〇〇エーカー［四・〇四七平方キロメートル］弱となった。

マックロー夫人が一九三〇年に遺言書を残さないで亡くなると、レジーナ・クライン・オコナーの兄ヒュー・T・クラインが不動産管理者として任命された。道路の東側のほとんどの土地はアレン判事の財産となり、西側はマックローの財産となった。西側の土地は三つの区画に細分化され、区画一と区画二は、現在のアンダルシアの境界線とほとんど正確に一致している。

(6) 不動産の譲受人が生存中のみ権利を有し、相続することのできない不動産。
(7) 生涯不動産権は、通常譲受人が生きている間は当該土地の不動産権を保有するが、死亡後、当該土地は譲渡人に復帰することになっているにもかかわらず、譲受人の子どもたちがそれに反対したために法廷闘争が起こった。

クライン家が最初にその農地を取得したのは一九三一年で、同年、バーナード・マックヒュー・クライン医師（ヒュー・T・クラインとレジーナ・クライン・オコナーの兄）が三二五エーカー［一・三一五平方キロメートル］を購入し、二年後の一九三三年にすべての土地の購入を完了している。マックローの娘であるヴァージニア・マックローが、彼女の所有する土地（区画二二二五エーカー［〇・九一平方キロメートル］をバーナード・クラインに売ってくれたのだ。

眼科・耳鼻咽喉科を専門としてアトランタで開業医をしていたバーナード・クラインがミレッジヴィルに来るのは週末だけだったが、土地の購入に続き、農場の北部にある森林地帯も購入している。使用人たちと、フランク・フローレンコート（レジーナ・クライン・オコナーの妹アグネスの夫）のような家族の協力を得て、農場は十分に機能するようになった。一九四〇年代初め、バーナード・クラインはレジーナ・オコナーを経理係としての訓練を受けさせるためにアトランタに送った。もちろん、農場でこれから酪農をはじめるための準備であった。

その後、農場の成功にあわせて周辺地域の経済も繁栄していった。ミレッジヴィルとボールドウィン郡がこの時期に発展していた証しとして、空港、バス交通、天然ガス配管網の設置があったほか、ラジオ放送なども行われるようになっている。

バーナード・クライン医師が一九四七年一月に突然亡くなると、(8)残された農場は生涯財産としてレジーナ・オコナーと、アトランタ郊外で「キング・ハードウェア」という会社の販売員として働いていたもう一人の兄ルイス・クラインのものとなった（バーナードはまた、北の区域を家族のさまざまな人に遺贈しているが、この地所はもともと農場の一部ではなかった）。農場の生涯財産そのものは、のちに完全所有権として転換され、レジーナ・オコナーとルイス・クラインが共同所有者となり、ルイスが一九七三年に亡くなるまで管理をした。

二人は、放牧場と干草畑と家禽用の池などのために、酪農場を合計二〇〇エーカー［〇・八〇九平方キロメートル］拡張している。その他の土地は森として保存し、択伐《たくばつ》(9)していた。ルイス・クラインはアトランタで仕事を続けており、ミレッジヴィルに来るのはほとんど週末だけだったので、レジーナ・オコナーが農場の主だった仕事を引き受け、小作人と作男たちとともに農場を管理していた。農場を経営する未亡人として成功したレジーナ・オコナーは、予想どおり、一九五〇年代に世間の注目を集めている。

バーナード・クラインはその土地を、自分がそこで飼っていた馬の種類にちなんで「ソレル農場(10)」と名付けていたが、バーナードより前の所有者であった人物の子孫から、その農場はもともも

（8）ジョージ・エドワード・キング（George Edward King,1851～1934）がアトランタ・に創業した「King Hardware Company」のこと。
（9）特定の目的や基準で樹木を選び、数年から数十年おきに伐採すること。
（10）ソレルとは栗毛色の馬のこと。

と（明らかにスペイン南部の地域にちなんで）「アンダルシア」と呼ばれていたという話を聞いていたフラナリー・オコナーのたっての願いにより、農場は「アンダルシア」と再び名付けられるようになった。一九四七年以後、ずっと「アンダルシア」と呼ばれている。

今日では、「アンダルシア」と聞けばフラナリー・オコナーを連想するのが当然のようになっている。事実、彼女の最良の作品のほとんどは、この農場で書かれたものだからだ。しかし、このように言うと彼女はすかさずこう主張する。

自分は、「ただロッキングチェアに座って」農場を経営していただけです、と。(11)

母屋

アンダルシアの母屋は一八五〇年ごろに建てられたもので、プランテーション風の簡素な造りの（「ツー・オーバー・ツー」と呼ばれている）(12)家屋であり、外壁は通常の白の羽目板でできていた。フラナリー・オコナーと母親のレジーナは、オコナーが一九五〇年一二月に全身性エリトマトーデスを発症して以来、グリーン・ストリートのクライン家には二度と帰らないつもりでここに居を構えた。

オコナーは、発病とともにコネチカット州リッジフィールドから故郷に戻っている。リッジフィールドでは、サリー&ロバート・フィッツジェラルドと、人数が増えていく子どもたちと一緒に生活をし、[13] 最初の小説《賢い血》を書き続けていた。

ミレッジヴィルからリッジフィールドに戻ることは二度となかった。アンダルシア

(11)　出典不明。

(12)　二つ窓枠の上に二つの窓枠（合計四つの窓枠）が乗っているような構造の窓のこと。南北戦争後に建てられた家に多い。次のホームページ参照。The Old House Guy: Your Ultimate Guide to Old & Historic Homes (http://www.oldhouseguy.com/windows/)

(13)　フィッツジェラルド夫妻には六人の子どもがいた。

現在の母屋

農場がオコナーにとっての生活の中心となったわけである。アンダルシアやミレッジヴィルに戻らざるを得なかった事情は確かに嘆かわしいものであったが、オコナーの作品を研究している人たちのほとんどは、故郷ジョージアに戻ったことが彼女の創作にとってはよい結果になったと信じている。

体調が許すときのみ旅に出掛けたが、それ以外オコナーは残りの生涯をミレッジヴィルで過ごし、たくさんの作品を生み出した。農場での孤立した静かな生活がオコナーに合っていたというのは実に驚くべきことで、毎日のありふれた日常のなかに、慰めと、しばしばコミカルなインスピレーションを見いだしていた。実際、少なくとも手紙のなかでは、「私の伝記など誰も書く人はいないでしょう。というのも、理由は一つで、家とニワトリのいる庭を往復している生活など描いても、何もワクワクする場面なんかありませんから」(14)と言って、静かな生活をしている田舎の女性としての自分自身のイメージを楽しんでいる。

網戸のついたポーチまで上る母屋の正面にある階段は、予想どおりフラナリー・オコナーが病気になって以降、障害となった。とはいえ、松葉杖をついたオコナーが、その階段の一番上に立っている姿が映っている一枚の写真は有名である［本章トビラの写真］。

彼女は家の中に入るために、二、三段しかない裏口の階段を利用していた。基本的に、彼女とレジーナは一階で生活をしていた。正面の広いポーチには半透明の網戸が付いていて、フラナリーとレジーナにとっては、とくに春と秋、訪問客をもてなすためのスペースとなり、快適なくつろぎの場であった。現在、ポーチに飾られているロッキングチェアは、オコナー家を頻繁に訪れ、アンダルシアでのポーチで過ごす時間を楽しんでいた特別な客人たちを記念して寄贈されたものである。

訪問者が家の中に入ってすぐに目にするのは、左側の最初の部屋であるフラナリーの寝室であろう。この簡素で実に飾り気のない環境のなかで、オコナーはいつまでも記憶に残る人物とプロットの多くをつくり出した。質素なシングルベッドには、背の高いあたま板が付いていて、

(14)　一九五八年七月五日付のベティ・ヘスター宛の書簡（*The Habit of Being*, pp. 290〜291　田中訳）。

現在の母屋正面のポーチ

フラナリー・オコナーの寝室。松葉杖とタイプライターがある

フラナリー・オコナーの寝室にある
暖炉の上の飾り

玄関の広間

オコナーが使用していた無地のベッドカバー(15)がかけられてある。オコナーが実際に使用していた時代には、モリス式安楽椅子(16)とシフォニアも置かれてあった。

しかし、机とタイプライターはオコナーが使っていたものではない。彼女が実際に使用していた机（ミカン箱で、間にあわせにつくった棚が付いている）と、彼女の手動式タイプライターは、ジョージア・カレッジ&州立大学のオコナー・コレクションの一部となっている（アンダルシアの寝室にあるタイプライターは、おそらくレジーナ・オコナーのものと思われる）。

フラナリーは小説を書くとき、決して窓のほうに向かっては座らなかった。窓の外の景色が見えると気が散ったからであろう。彼女の手紙や講演が証言するとおり、オコナーは規律正しい作家で、毎日タイプライターに向かって書いていた。決して、気まぐれな詩神の訪れを待つことはなかった。

オコナーがいかに規律正しかったということと、天職を成し遂げることが病気のせいでいかに困難であったかを証言するかのように、金属製の松葉杖が机の近くに立てかけてある。松葉杖の使用を余儀なくされたのは、薬物療法で骨が衰えてきたせいであった。

---

(15)　背もたれの角度が調整できて、クッションの取り外しができる椅子。英国の詩人・美術工芸家・社会運動家ウィリアム・モリス（William Morris, 1834～1896）にちなんで名付けられている。

(16)　丈の高い西洋箪笥で、通例、一番上に鏡が付いている。

作家に必要な習慣

まったく当たり前のことだと思われるかもしれませんが、私は物を書く習慣の大切さを四六時中信じています。非凡な才能があれば、そんな習慣などなくても構わないかもしれませんが、私たちの大半は辛うじて才能をもっているだけであって、肉体的・精神的習慣によって常日頃から支えなければ、干上がってどこかに吹き飛んでしまう程度の才能でしかありません。そういう例をたくさん見てきました。もちろん、自分の能力にあわせて習慣をつくることが大切です。

私が創作をするのは毎日約2時間ですが、それが体力の限界だからです。でも私は、その2時間、同じ場所で仕事をし、いかなる妨害もさせません。だからといって、その2時間でたくさん創作ができるというわけではありません。時に、数か月かかって書いたものをすべて捨てるはめになったこともあります。しかし、そうした時間を無駄だったとは思いません。いい作品が生まれるときは、スラスラと書けるような状態が継続するのです。ですから、毎日机に向かって座らなければならないのです。でないと、いい作品が生まれるときに、机の前に座っていなかった(から書けなかった)なんてことが実際にあるのです。

創作のための決まった時間を見つけることは、誰にとっても難しい問題ですが、ともかく創作は気持ちが新鮮なうちにするべきです。一日中勉強を教えたあとでは疲れすぎて、あなたのもっている創造的なエネルギーはすべて[勤務先の]スティーブンズ・カレッジの女生徒たちに行ってしまっているでしょう。……すべての方面において、同時に創造的であることはできないのです。(1957年9月22日付のセシル・ドーキンズ宛の書簡、*The Habit of Being*, pp. 242～243. 田中訳)

その部屋の西側の壁際に置いてあるレコード・プレーヤーは、アトランタの「絶えざる御助けの聖母[17]」の修道女たちがオコナーにプレゼントしたものである。アンダルシアに住み込みで働いていた農夫ルイーズ・ヒルの絵が本棚の上に掛かっているが（その本棚には、オコナー自身の所蔵していた神学・哲学・小説・詩などの本が入っている）、その絵を描いたのはフロリダのロバート・フッドという友人で、彼の妻ディーン・フッドもまた全身性エリトマトーデスを患っていた。

フッド夫妻はアンダルシアを訪れたときにその絵をフラナリーにプレゼントし、フラナリーはそのお礼に、自ら描いた男性合唱団の絵[18]を夫妻にプレゼントした。この絵は、ディーン・フッドが亡くなった際、ジョージア・カレッジ＆州立大学のオコナー・コレクションに寄贈され、今でも見ることができる。

（17）（Our Lady of Perpetual Care）作家ナサニエル・ホーソンの娘ローズが結成した「ドミニコ派ホーソン修道女会（The Dominican Sisters of Hawthorne）」が設立した「聖ローズ・不治癌患者のための無料療養所（St. Rose's Free Home for Incurable Cancer）」のこと。「Our Lady of Perpetual Help」が現在の正しい名称。フラナリーが序文を書いた『メアリー・アンの思い出（*A Memoir of Mary Ann*）』（New York: Farrar, Straus and Cudahy, 1961）は、ここの修道女たちが出版した本である。所在地：760 Pollard Boulevard SW, Atlanta, GA 30315　参照サイト：http://olphome.org/wordpress/

（18）Kelly Gerald, ed. *Flannery O'Connor: The Cartoons*（Fantagraphics Books, 2012）に収録されている"Two mo' monts we won't be a-doin' it…"という絵のことと思われる（同著、四八ページ）。

部屋の後部のドアを開けると、そこはかつてレジーナ・オコナーの寝室だった部屋で、病気だったオコナーにとっては、彼女が側にいてくれることは絶対に必要なことだった。レジーナの寝室は、現在、フラナリー・オコナー＝アンダルシア財団の常任理事の部屋として使われている。

廊下を挟んでフラナリーの寝室の向かいにあるのはダイニング・ルームで、そこにはオーク材のテーブル、籐製の座部の付いたヴィクトリア朝の椅子、上面が大理石になっている食器棚、同じく上面が大理石製の整理棚、そして紡錘形の細工が施された飾り棚が置いてある。レジーナ・オコナーは大変裁縫のうまかった人で、この部屋とフラナリーの寝室のカーテンは彼女がつくり、フラナリーが着ていた洋服の多くもレジーナがつくったものであった。

レジーナの事務所は、現在土産物店となっている場所にあった。レジーナはこの部屋を拠点として、酪農場と労働者たちの管理をしていた。土産物店の後方、右側の壁際に置いてあるアップライト・ピアノは、オコナー家の先祖伝来の家財である。店の前方、右側の角にある流し台は一九世紀の家で一般的に使われていたものである。事実、二階の寝室のそれぞれにその流し台がある。また、左側後方の壁に掛かっているフランドル派の絵画は、[19]由来に関しては不明であるがオコナー家の装飾品の一部であった。

土産物店のある部屋から右側、少し離れた所にあるキッチンには、オコナー親子が実際に使っていた道具と家具が置いてある。ただし、多くの家具の配置は二人が生きていた時代の配置とは異なる。レジーナとフラナリーは、その正方形の頑丈なキッチンテーブルでたいていの場合食事をしていた。

キッチンを過ぎた所には、ルイス・クラインが一九五九年に付設した小さな居間と、もう一つの寝室がある。その居間には明るい光と快適な環境を提供する大きな窓があり、南側の二つの窓の間に設置された二つの大きな本棚には、フラナリーの蔵書が収納されてあった。この本棚はレジーナ・オコナーによってジョージア・カレッジ&州立大学に寄贈され、現在は大学のオコナー・コレクションで見ることができる。

(19) 一五世紀、主にフランドルおよびフランス北部で発達した絵画様式で、油彩による細緻な写実・独自の宗教図像などを特色とする。

家族用のダイニング・ルーム

キッチンテーブル。フラナリーとレジーナ・オコナーはほとんどの食事をここで取っていた

母屋の奥にある客用の寝室

小さな居間にある自分用の蔵書の前に腰掛けるフラナリー・オコナー（1962年　撮影：〈アトランタ・コンスティテューション〉所属ジョー・マクタイヤ）

農場や納屋が舞台となった作品

薄茶色の帽子が下に降りて見えなくなり、ハルガは埃のうかぶ日射しをあびて、わらの上にひとりで残された。苦しみにゆがんだ顔を開口部に向けると、青い服を着た姿が成功を誇りながら、緑の湖のように見える丘を元気に昇ってゆくのが見えた。

家の裏側の菜園でタマネギを掘っていたミセス・ホープウェルとミセス・フリーマンは、森から出てきた男が牧草地を横切ってハイウェイのほうへ行くのを見かけた。「あれ、あの気のいい退屈な若い人じゃない？昨日聖書を売りにきた。」ミセス・ホープウェルは目を細くして遠くを眺めた。「今日はあっちのほうの黒人に売りに行ってたのね。ほんとに単純な人。でもね、私たちみんながあんなに単純だったら、世界はきっともっとよくなるんだわ。（「田舎の善人」『フラナリー・オコナー全短篇（上）』218ページ）

家の二階には来客用の寝室が二つあり、その間にバスルームがある。現在、一方の寝室だけが公開されている。グレン・ジョーダン製作の映画『強制追放者』(20)を観たことのある人であれば、アンダルシアのたくさんの場面を覚えていることであろう。ガイザック氏が妹をナチスの強制収容所へ行かせないために、マッキンタイヤ夫人の雇っているアフリカ系アメリカ人の労働者と結婚させようとしていることを知って、マッキンタイヤ夫人が苦々しい反応をする場面もその一つである。この映画に映っている農場の付属建物もまた、ほとんどすべてアンダルシ

(20)　フラナリーの同名の短篇小説を原作したテレビ向け映画。Glenn Jordan 監督、主演 Henry Fonda、Robert Earl Jones。一九七七年にＶＨＳ版、二〇〇七年ＤＶＤ版が販売された。

アをロケ地として撮影されたものである。

家の裏にある納屋を見ると、義足を失ったジョイ／ハルガ・ホープウェル[21]がまだ二階に隠れているのではないかと誰しもが思うかもしれない。オコナーの在世当時、この建物が酪農場の作業場の一部であったわけだが、その他の付属の建物と同様、現在では破損したままの状態となっている。

農場の住み込みの作業夫ジャック・ヒルとその妻ルイーズの家は、当時の一般的な家に比べると結構大きいものであった。彼らの家は母屋に近い所にあったので、レジーナが作業の手を必要とするときには大変役に立つ存在であった。しかし、フラナリーの手紙が記すところによると、彼らの道化ぶりと気難しさはかなりのものだったようだ。[22]とはいえ、方言や南部独特の話し方一般に対して耳を研ぎ澄まして傾けていたオコナーが、近くに住んでいる人たちの会話を聞き取って、それを小説に利用していたことだけはまちがいない。

オコナーと土地

フラナリー・オコナーの作品における土地の利用の仕方は、ウィリアム・フォークナーの場合とは異なる。フォークナーにとって、南部の悲劇的で入り組んだ歴史は、財産をもたない者たちの土地に対する羨望や欲望と複雑に絡みあっている。それは、古くからある抗争に伴って起こるあらゆる奇怪な喜劇的事件や暴力事件の場合と同様である。

オコナーが人間を堕落したもの、またあらゆる罪のなかでも、とりわけ嫉妬と貪欲という罪に傾きがちであると見ていたことは確かであるが、彼女の洞察力は一種キリスト教的な預言の類であり、彼女の視点からすると、高い木立のある田舎の光景も、時に儀式の場となり、人と悪との出会いの場であり、神の恵みによる救済の可能性がある場なのである。

フォークナーと違ってオコナーは、南部の実際の歴史や、白人が黒人に対して犯した集団的な罪には関心がない。たとえば、《旧敵との出逢い》のような、付随的に南部戦争や南部の歴史を扱っている唯一の作品においてさえ、本質的なテーマとして、自分のプライドや自己愛のせいで歴史に意味を見いだせない人生がいかに無意味かということを訴えている。

《火の中の輪》、《グリーンリーフ》、《森の景色》などの作品でオコナーが農場生活を描く際、自然界は大変神聖なものとして描かれており、物語が進行するにつれて空き地や森が、象徴的ではないとしてもますます重要な響きをもったものになってくる。《火の中の輪》のなかでオコナー

(21)　短編小説《田舎の善人》の主人公のこと。

(22)　一九五八年一二月二五日付のベティ・ヘスター宛の書簡で、クリスマスの準備中に母レジーナが、泥酔したジャックに銃を向けられ、「殺すぞ」と言って脅される事件があったと報告している（*The Habit of Being*, p. 310）。

高速道441北、アンダルシアに入る自動車道と門（現在）

母屋の裏（1951年　撮影：ロバート・W・マン）

は、「砦をなす森の、空を背景とする輪郭は厳しい灰青色を帯び、夜のうちに起こった風が吹きつのり、青みがかった金色の朝日が昇った[23]」と書いている。同じように、《河》のなかで描かれている牧場の描写もまた、オコナー自身の酪農場における日常の場面を写し取ったものである可能性がある。

「丘を下りきったとたんに林は急にとぎれ、白黒まだらの牛があちこちに散らばる牧場がひらけた。牧場は一段また一段と低くなり、その向こうがオレンジ色の広い河だ。日光が反射してダイヤモンドのように輝いている[24]」

オコナーの作品を読んでいて、頻繁に出合うのが際立った印象の太陽である。太陽は作品の中軸に置かれており、自然に対するオコナーの神聖な見解を強調するほか、「sun（太陽）」と「son（息子）」という数世紀にわたって使われてきた語呂合わせの使用によって、神の子キリストが人間の犠牲となって十字架に架けられたこと、そしてその後復活したことが、オコナーの考えにおいては、人間の歴史における中心的な出来事であったことを示している。その証拠に、《善人はなかなかいない》のなかで「白銀の日光をいっぱいにあびる木々のすばらしいこと。ちっぽけな

（23）『フラナリー・オコナー全短編（上）』一六九ページ。
（24）前掲書、四一〜四二ページ

木でさえ、きらきら輝いているでしょ」[25]と描写しているように、太陽は万物を照らし、万物に命を与えている。

アンダルシアの正面の広いポーチからの眺めと敷地内の見通しのきく場所からの光景が、オコナーに神聖な空間のイメージを与え、そのイメージの周りに彼女の良質の作品が凝集しているであろうことは想像に難くない。彼女が大好きだったイギリスの詩人ジェラード・マンリー・ホプキンスにとってと同様、深い霊性をもったこの作家にとっては、世界には神の威光が充満しており、それは自然世界においてきわめて明白な事実となっている。

農場での生活は、季節の鼓動を通じて自然の深遠な美しさをオコナーに提供したことに加えて、現実的かつ滑稽なひと時をも提供した。《存在することの習慣》に掲載されている手紙が証言しているとおり、酔っ払うと喧嘩をする癖のある小作人ジャック・ヒルとその妻ルイーズの愚かしい行状などを観察することも楽しんでいた。

牛乳加工小屋（現在）

古い井戸のポンプ（現在）

ジャック&ルイーズ・ヒルの家（1951年　撮影：ロバート・W・マン）

ジャック&ルイーズ・ヒルの家（現在）

作品に描かれた農場の神秘的な光景

帰りは母親と後部座席にすわり、アロンゾは運転席で一人になった。…母親がつとめて話題をさがし、あんた、お祭りに行ったの、ときいた。

「行った。………あれは来週からやらなくなるんだって、祭りの期間中はずっとやるはずだったのに。」

「なんで？」母親がきく。

「営業停止。町から説教師さんたちが調べにきて、警察に訴えて、それで停止が決まったんだって。」

母親はそこで会話をやめ、丸顔の女の子は考えごとにふけった。窓から牧草地を眺めた。ゆるやかに起伏しながら緑の色を深め、遠くの暗い森まで続いている。夕陽は赤く大きくて、血に浸された聖体のように見える。沈んだ後、樹々の上の空に、赤っぽい粘土の道に似た一筋の光が残った。（「聖霊のやどる宮」『フラナリー・オコナー全短篇（上）』113ページ）

雄馬と雌ロバとの交配子フロッシー。レジーナ・オコナーが飼っていたもの。現在もなおアンダルシアに生存している。

アンダルシアの母屋の左後方にあったヒルの家は、たくさんのドラマチックなエピソードのあった所で、レジーナ・オコナーにとっては癪にさわることではあったが、娘フラナリーにとってはたまに楽しむ余興のようなものであった。ルイーズはとくにあけすけで、ユーモアのある気性で知られているが、一九六四年にオコナーが亡くなったあとも数年間にわたってアンダルシアに残っており、「ミス・フラナリー」の業績に対して心から敬意を払い、農場を訪れる人たちをいつも温かく迎えていた。

レジーナ・オコナーも大変強い個性のもち主であった。彼女が作男たちや地元の人たちと交流している様子もまた、娘フラナリーに素材を提供していた。

オコナーの作品を読む人のほとんどが気付くことであるが、フラナリーは《田舎の善人》、《強制追放者》、《聖霊のやどる宮》、《長引く悪寒》のなかなどで、（未亡人あるいは離婚した）一人の女性農場経営者を中心人物として頻繁に登場させている。これらの物語はもちろんフィクションであり、想像力を駆使して、農場での実際の生活をもとにつくったものであるが、フラナリー・オコナーがミレッジヴィルに戻ってきてから知った日常生活の光景を活用していることはまちがいない。

（25）前掲書、一〇ページ。

オコナーの珠玉のエッセイ《鳥の王》は、孔雀に対する彼女の関心の強さと究極のこだわりを描いたものだが、そのなかに含まれている大変滑稽でありながら啓示的ないくつもの逸話は、すべて農場を背景としたものであり、孔雀に関する自らの経験に基づくものである。

彼女はかつて、五〇羽を超える孔雀を飼っていた。フラナリーの孔雀事業が当初心配でならなかったレジーナ・オコナーがこのエッセイのなかで喜劇的な扱いをされており、孔雀族が増大して、レジーナの花壇をめちゃくちゃにする光景が描かれている。(26) フラナリーの説明によれば、レジーナは「孔雀どもはばかだから、低い柵を越える分別はない」と主張して、花壇を守るために二四インチ［約六〇センチ］の高さの柵を何百ヤードも張りめぐらしている。「高い柵だと連中はそこに飛び乗って向こう側へ降りるだろうけどね。でも、低い柵にしとけば、それを飛び越えようなどという頭は働かないのさ」と、レジーナは言っている。(27)

［エッセイによると］ある日のこと、田舎からたくさんの子どもを連れてやってきた家族が車から出てきて、神々しい尾羽を広げている孔雀を見た途端、子どもの一人が「ありゃ、なんだ?」と聞いたところ、老祖父がうやうやしく帽子をとって、「子どもらよ……これは鳥の王じゃ!」と答えている。(28) また別の日には、黒人の老婆が孔雀を見るなり「アーメン! アーメン!」とつぶやいたという。(29)

オコナーはエッセイの締めくくりで、次のように語っている。

「私は、いつも目の前にいる孔雀を、自分が所有するただ一羽のものと想像しようと努める。しかし、そのうち、別な一羽がやってきて一緒になる。さらに一羽が、屋根から降りてくる。ツルニチニチソウの垣根を押し破って四、五羽が出てくる。池のほうから、一羽の叫び声、納屋からは、牛の資料に入りこんだのがいるらしく、飼育係りの男の口汚いののしりが聞こえてくる。私のまわりの人間はみな、『さあ、きっぱり片をつけようじゃないか』というのが癖になってしまった(30)」

オコナーの作品においては、一個人がどのように孔雀に対して反応するかということが、その人が神の臨在をどのように理解しているかを示す一つのバロメーターとなっている。そのことは

---

(26)　その様子はエッセイ『鳥の王』に、「当初から、この鳥たちと私の母の関係は緊張をはらんだものだった。母は、はじめのうち、早起きして、花ばさみを持って庭に走り出なければならなかった。レディ・バンクシャーとハーバート・フーバーの名をもつバラのところに孔雀どもより早く着かないと、花は彼らの朝食になってしまうのである。……」と描かれている（『秘義と習俗』一八ページ）。

(27)　『秘義と習俗』一八ページ。一部改訳・田中。

(28)　『秘義と習俗』一四ページ。

(29)　『秘義と習俗』一一ページ。

(30)　『秘義と習俗』二一ページ。

作品に描かれた孔雀

神父は孔雀のほうに目をやった。孔雀はいま、芝生のまんなかに進み出ている。雄孔雀がいきなり足を止めた。首を後ろにそらし、尾羽根をあげ、あのざわざわした特有な音をたてて、それを開いた。孔雀の頭上には無数の豊かな小さい太陽が、きらきらと緑金の地色の中に浮かんだ。神父は身動きもせず、口をぽかんとあけたまま見とれている。こんなに愚かな老人にはいままで会ったこともない、とミセス・マッキンタイアは思った。「まさにキリストの再臨だ！」神父は大声で明るく言うと、手で口もとをぬぐい、あえぎながらじっと立ちつくした。（「強制追放者」『フラナリー・オコナー全短篇（上）』264～265ページ）

フラナリー・オコナーから連想されることの多い孔雀。アンダルシアの土地をたくさん歩き回っていた。

《強制追放者》において明らかとなっており、この作品において孔雀は、強烈に異彩を放つ存在として描かれている。

　また、この作品において孔雀が重要な象徴性を帯びていることをはっきりと示していることに加えて、《鳥の王》［〈Holiday《ホリデー》〉に初出］では、孔雀にまつわる伝承をたくさん掲載しており、そのなかには孔雀とその習慣に関する実用的な情報も含まれている。このことは、オコナーが孔雀を実用のために飼っているわけではないと思っていた読者には意外な事実となろう。

　オコナーの死後数年間、孔雀は農場に生存し続けたが、ついには数が減って一羽になってしまった。その一羽が森の景色を楽しんでいるという姿が、最後に見かけたときだった。やはり、オコナーが「結局、最後に決める権利は孔雀にあるのは明らかだ」と信じていたとおりであった。(31)

（31）『秘義と習俗』二二一ページ。

第4章

聖霊修道院

「聖霊の聖母修道院」の創設に携わった司祭の一人。一九四四年に創設された修道院は、寺院が建設されるまで、このだだっ広い納屋がその場所であった。(ジョージア・アーカイヴ『Vanishing Georgia Collection (消え行くジョージア)』の好意による。識別名 roc021)

フラナリー・オコナーがミレッジヴィルに戻ってから受けた最大の恩恵の一つは、おそらく「聖霊聖母大修道院」のトラピスト修道士たちと交友をもつようになったことであろう。その僧院は現在「聖霊修道院」という名前に変わり、所在地の住所は「ジョージア・ハイウェイ南西二六二五」となっている。コンヤーズの近くで、ミレッジヴィルから約五五マイル［約八八キロ］、アトランタから約四五マイル離れた所にある。

このジョージアの修道院（大修道院長が管理しているので「大修道院」と呼ばれている）は、一九四四年、「ゲッセマネの聖母修道院」のシトー修道会士たちによってケンタッキー州ルイーズヴィルの郊外に建設された。シトー修道会士の全員がトラピスト修道士というわけではないが、トラピスト修道士は「厳律シトー修道会」の一員である[1]。その名称が

修道院の教会の正面

示しているとおり、シトー修道会はローマ・カトリック教会のなかでもっとも厳格なものである。「祈りと労働」を提唱した聖ベネディクトの戒律に従って、シトー修道会士たちは一二世紀以来、瞑想的な修道院生活を送ることに専心している。ゲッセマネにあるこの修道院が建てられたのは一八九四年で、コンヤーの修道院に先立つこと約一〇〇年前のことである。(2)

アメリカ人のトラピスト修道士でもっとも有名なのはトマス・マートンである。マートンは「ルイス神父」という名で知られ、一九四八年に出版された霊的な回想録『七重の山』［工藤貞訳、中央出版社、一九六六年。絶版］には、彼の若きころの心の放浪、孤独、放埓な青年時代、その後のカトリックへの回心、そしてシトー修道会に入門した経緯が綴られている。マートンの本は世代を超えてあらゆる霊的な求道者たちに多大な影響を与えたわけだが、今日でもその影響は続いている。

（1）シトー修道会は、一〇九八年、フランス・ディジョン郊外のシトーの森に創立された。わずか一〇〇年の間に欧州全土に広がったが、修道精神が頽廃すると、シトー会修道院の修院長ド・ランセ（Armand Jean le Bouthillier de Rancé,1626～1700）によって改革が行われ、一八九三年、厳律シトー修道会が設立された。改革の地トラップにちなんで、厳律シトー修道会員は「トラピスト」と呼ばれた。すべてのシトー修道会士がトラピストであるわけではないのは、厳律シトー修道会に属さない者がいるためである。

（2）五四〇年ごろにつくられた修道会則。「祈り、働け」をモットーとし、「清貧・純潔・服従」を理想とする禁欲生活が要求される（古田暁『聖ベネディクトの戒律』すえもりブックス、二〇〇一年を参照）。

フラナリー・オコナーとトラピストのトマス・マートンは一度も顔を合わせたことはないが、互いに尊敬しあっていたことは明らかである。実際、マートンのオコナーに対する尊敬心は大変深いものだった。オコナーの死にあたって、彼はカトリック雑誌〈Jubilee《ジュビリー》〉で次のように述べている。

「私はフラナリー・オコナーを読んで思い出すのは、ヘミングウェイでも、キャサリン・アン・ポーターでも、サルトルなく、むしろソフォクレスのような詩人だ。一作家に対してこれ以上、一体何が言えようか？　彼女があらゆる真理に照らしあわせ、そしてあらゆる技巧を用いて人間の堕落と不名誉を示したことについて、私は敬意をこめて彼女の名を記す(3)」

一九四〇年代、『七重の山』に感銘を受けた多くの若者が、ゲッセマネ大修道院に志願者として訪れ、修道院の中庭に彼らを収容するためのテントを建てたほどだった。超満員になったことは、シトー修道会士にとってはもちろん喜ばしいことであるが、それに伴って問題が生じ、それを解決するために、ジョージア中心部の森林のなかに「付属修道院」を建てるはめになった。

一九四四年三月、約二〇人の修道士がゲッセマネを去り、かつて一四〇〇エーカー［約五・六七平方キロメートル］の綿花畑で、「ハニー・クリーク・プランテーション」と呼ばれたその地へ向かった。アトランタからわずか三〇マイル［約三一キロ］東で、当時はまったく未開拓の土地だった。八か月間にわたって修道士たちは雌牛とニワトリを飼っている納屋の二階に住みながら、乾燥していない松材で最初の修道院を建てた。ジョージアで最初の修道士たちの家となったこの建物が、「松材修道院（Pineboard Monastery）」として知られることになった。

　修道士たちは一二年後の完成を目標としたプロジェクトに取り組みはじめ、建築家・監督者・大工などの指導のもと、恒久的な修道院を建設した。当初の計画ではブロック造りにする予定であったが、資金が足りなかったためコンクリートを使わざるをえず、修道士たちがセメントをかき混ぜて注入する作業を行った。丈のあるステンドグラスの窓と聖母を象徴するバラ窓の付いた素敵な教会堂は、祈りと瞑想に専心し、沈黙の誓いを守る修道会にふさわしい質素なものである。

　そして、ついに修道士たちは、神と神の言葉にひたむきに心を傾けるために、喧騒の世俗世界から身を引いて修道院にこもることになった。修道院に入門する際、シトー修道会士たちは誓いを立てて、聖ベネディクト修道会規に従い、従順、定住、回心の生活という三つの約束を行った。(4)

祭壇背部のステンドグラス

（3）Thomas Merton, 1964. "Flannery O'Connor," *Jubilee*, 12 (Nov.), pp. 50-51. 田中訳。

修道士は神父たちに対して従順となり、共同体のなかで労働と祈りの調和の取れた生活を送り、清貧と節制を実践しなければならない。一人のときも、仲間といるときも、祈りの生活が修道士の生活の中心となる。教会堂の両側にある聖歌隊席は修道士たちが共同祈祷生活をするための集会場所となっているが、その共同祈祷生活は、午前四時の朝課ではじまり、夕方の晩課と終課まで続いた。

強制されているわけではないが、聖霊修道院では沈黙を守ることとされている。日常の単純な雑用を行うときでも、そうすることが望ましいとされている。祈りと瞑想と労働の健康的な調和がシトー修道会の目標である。修道士たちは、自立した生活を送るために、かつては干草売りやステンドグラス店を経営したほか、乳牛や肉牛を飼育・管理していた。

今日、その修道院では、宗教的な装飾の工芸品、絵はがき、文房具、自家製パン、香辛料などを目玉商品としている土産物店を経営している。訪問者は、南東部で有名な盆栽のコレクションも買うことができるし、盆栽の購入に関してはアドバイスももらえる。

ゲストハウスは、性別・宗派・所属教会を問わず、静かに黙想したい人たちのために一年中開かれている。修道院では、週末に特別修養会を開催しており、祈りと召命の識別などのような昔ながらのテーマのほかに、「三位一体と科学」や「裁判官と弁護士のための霊性」のように面白そうなテーマも扱っている。(5)

フラナリー・オコナーが初めて聖霊修道院を訪れたのは一九五九年だった。五月三〇日の手紙に、「とうとう」そこに行ってポール・ボーン神父に会ったと書いている。(6) その後、ボーン神父は彼女の親友の一人となっている。

初訪問のあと、オコナーは修道院に孔雀を何羽か寄贈するつもりであるということを手紙に書いており、その後しばらくしてその意向は実現されている。オコナーの寄贈した孔雀は約一五年間にわたって修道院にいたが、ついには孔雀の鳴き声が修道士たちの修養の妨げになると見なされるに至った。その後、孔雀はオハイオ州に送られて生き延びたが、のちにキツネの餌食《えじき》となっている。

「フラナリーの孔雀」に関する話は、今日に至るまで修道院で語り継がれている。孔雀の後を継いだのは大変気の荒い数羽のガチョウたちで、修道院の脇の湖にいて、修道院を訪れる人のなかで勇気のある人からよく餌をもらっている。

（4）　志願期・修練期を経たのちに有期誓願・盛式誓願の二段階があり、有期誓願期にこの三つの誓いをする。「厳律シトー修道会那須の聖母修道院・那須トラピスト修道院」のホームページ参照。http://www.nastra.or.jp/vocations.html

（5）　詳細については、The Monastery of the Holy Spirit のホームページを参照。http://www.trappist.net/

（6）　一九五九年五月三〇日付のベティ・ヘスター宛の書簡（*The Habit of Being*, pp. 334-35.）。

オコナーは、修道士の一般的なお決まりのライフスタイルをよく知っていた。《賢い血》を書いたときすでに、主人公へイゼル・モーツに戸惑う彼の大家フラッド夫人を登場させ、有刺鉄線を体に巻いたり、靴の中にガラスの破片を入れて歩いたりするへイゼルに非難の言葉を浴びせる役目をさせている。フラッド夫人は、「この人は修道士になればよかったのだ……この人は修道院に入ればよかったのだ(7)」という思いを述べている。

その後の作品《生きのこるために》で、オコナーは詐欺師のトム・T・シフトレットに「昔の坊主は棺桶の中で寝たそうだぜ」という大変印象的なセリフを語らせている。婿養子が欲しいと願っているクレーター夫人と駆け引きして、何とか車を手に入れようと願っているシフトレットが、この修道士の行いとその車の中で寝ると自分で決めた行為との類似性を引き合いに出しているのは実に奇妙なことである。修道士に関する彼の言葉に反応して、クレーター夫人は「今ほど進歩してなかったのさ(8)」と言っている。

まちがった基準に基づいて進歩を定義する現代の風潮を非難するように、オコナーは痛烈に私たちの心の中に潜むクレーター夫人的な無知と田舎者根性を攻撃している。クレーター夫人は禁欲主義の伝統をまったく理解していない。禁欲主義の伝統では、「死を忘るなかれ（memento mori）」という我々に共通の死すべき運命をしっかりと認識することが長年にわたってされてきた。もちろん、「娘婿が欲しくてならなかった」ルーシネル・クレイターがまったく理解していないことである。

温かくて頭がよく、よく本を読む人であったポール神父のことをオコナーが大好きになり、尊敬するようになったことは明らかである。しかも、レジーナ・オコナーにとっても嬉しいことに、庭いじりの大変上手な人であった。実際、優れた園芸師であったポール神父は、何年にもわたって盆栽の苗木の管理をしていて、盆栽の好事家が他所から訪ねてくることもよくあった。

修道士が修道院を出ることはほとんど不可能であったが、一九六〇年の春、ポール神父と当時大修道院長であったドン・オーガスチン・ムーアがフラナリーとレジーナを訪れ、アトランタの「絶えざる御助けの聖母ガンの家」に関するプロジェクトにフラナリーに加わってもらおうと説得した。

かつてフラナリーは、アンダルシアの修道女たちから、顔の半分にものすごいガンができて、施設で亡くなったばかりの子どもの話を書かないかともちかけられたことがあった。修道女たちは幼いメアリー・アンを聖徒と見なし、彼女の話をぜひ語り継ぐべきだと考えていた。オコナーは物語を書くことを断っているが、その事実そのものは称賛に値すると考えていた。

（7）『賢い血』二三二ページ。
（8）『フラナリー・オコナー全短篇（上）』六三ページ。

メアリー・アンの物語の執筆を断わったオコナー

子どもの苦しみをもって、神の善を疑うのが現代の傾向の一つである。そして、一旦、神の善への不信に陥れば、その人と神の関係は絶たれるのだ。この瀰漫（びまん）した哀れみに落ちこめば、われわれは、感受性の面で得るところはあるだろうが、確実に視力は落ちる。もし過去の時代が、感情的反応において劣っていたとしても、あの時代の目はもっと見たのである。盲目的に一途で、感傷を排した、預言者的な、受容の目、それはとりもなおさず信仰の目であるが、これでもって見たのである。現代には、この意味の信仰がないから、ただ優しさだけが支配的である。それは、長いことキリストの神／人格から切り離されて、理論でがんじがらめになった優しさである。優しさが、優しさの源とのつながりを断ち切られたりすれば、論理的に行きつく先は恐怖である。それは、強制労働収容所やガス室の煙となって終わるのだ。（上杉明訳『秘儀と習俗　フラナリー・オコナー全エッセイ集』春秋社、1999年、215ページ・一部改訳）

「この件に関して、私を引き付けるのは、もっぱら神秘、子どもたちに不思議な方法で与えられている苦悩である」(9)と、オコナーは述べている。

最終的に、修道女たち自らがその物語を書くようにと説得し、オコナーは彼女らの書いた原稿を見直すことで同意した。(10)原稿を受け取ったオコナーは、そこから「鼻もちならない敬虔さ」を取り除くことに心がけたが、どうやら大変な作業だったらしい。彼女は、このような仕事を頼まれたことについてポール神父が喜んでいたと、出版者のロバート・ジルーに報告している。オコナーによれば、「ジルーは（修道女たちに）

一体、オコナーのどの殺人物語が気に入って、今回の物語の依頼を彼女にしようと思ったのかねと尋ねた(11)」とのことだった。

オコナーは、修道女の書いた物語に「ちょっとした序文」を書くことに同意し、約束どおり書いたわけだが決して短いものではなかった。多くのオコナー研究家の見解では、『メアリー・アンの思い出』の「序文」となったこのエッセイは、オコナーがこれまでに書いたもっとも優れたノンフィクション作品の一つとされている。確かに、そこには感傷に流されない彼女の信仰と、世俗的なヒューマニズムに対する彼女の反応がもっともよく表れている。このエッセイ(12)は、オコナーの作品と、作者そのものを理解したいと願う人たちにとっては必読の作品と言える。

オコナーが初めて修道院を訪れたのは、その作品が完成する約一年前の一九六一年一一月のことであった。彼女はその神聖な場所を、「信じられないほど立派でした(13)」と述べている。彼女が

(9)　一九六〇年四月三〇日付のベティ・ヘスター宛の書簡（*The Habit of Being*, p. 394, 田中訳）。
(10)　修道女たちとのこの件に関するやり取りは、『秘義と習俗』二〇四～二〇五ページに記録されている。
(11)　一九六〇年九月二九日付のロバート・ジルー宛の書簡（*The Habit of Being*, p. 409, 田中訳）。
(12)　このエッセイは、『秘義と習俗』の最後に「ある少女の死」という題で掲載されている。また『メアリー・アンの思い出』は、一九六一年にFarrar, Straus and Cudahyから出版されている。
(13)　一九六一年一一月一六日付のキャロライン・ゴードン・テイト宛の書簡（『存在することの習慣』二六一～二六二ページ）

修道院教会堂の身廊《しんろう》

抱いた畏敬の念の大部分は、修道士たちの献身ぶりと技術に対する畏敬であろうともっぱら推測される。というのも、そこの教会は、基本的に修道士自らの手で建てたものだったからだ。

ポール神父およびドン・オーガスチンとフラナリーの交友関係は、訪問に行ったり、訪問を受けたりして、オコナーが一九六四年に亡くなるまで続いた。ポール神父とドン・オーガスチンは、ともに一九九〇年代に亡くなっている。彼らは教会の裏にある修道院の墓地に埋葬されている。

フラナリー・オコナーは修道院の伝統に対しては深い敬意を払っていたが、彼女自身は修道女になるよう神から召されているとは感じていなかった。自らの瞑想や祈りの能力を論じるときの彼女は自嘲気味だった。

「瞑想は苦手です。だからといって、まっすぐ観想にゆきつくかというと、そんなことはありません[14]。両方ともやらないのです。ロザリオの玄義に集中しようとすると、すぐになにか別の、まったく宗教と関係のないことを考えてしまいます[15]」と、彼女は言っている。

もちろん、オコナーは常に敬虔や感傷を人に見

教会堂の裏にあるフラナリーの友人ポール・ボーン神父の墓

せつけるようなことは避けるようにしていた。このようにして自分が行っている霊的な習慣について は、大したことではないように扱っている。[16] しかし、もちろんオコナーの才能は別の種類のものだった。彼女の作家としての才能は神からの賜物であり、したがって最期の日に至るまで真剣に取り扱わなければならない恩寵であり、責任であった。

(14) (mysteries of the rosary) カトリック教会の伝統的な祈りである「ロザリオの祈り」の際に黙想されるキリストの主な一五の出来事のことで、次の三つの場面に区分される。喜び (受胎告知、エリザベツ訪問、イエス生誕、神殿への主の奉献、神殿におけるイエスの発見)、苦しみ (ゲッセマネの苦しみ、鞭打ち、いばらの戴冠、十字架を担う、十字架での死)、栄光 (主の復活、主の昇天、聖霊降臨、聖母マリア被昇天、聖母マリアの戴冠)。

(15) 一九六三年五月一七日付ジャネット・マッケンジー宛の書簡。『存在することの習慣』三〇〇ページ (一部改訳田中)。

(16) 一九六三年五月一七日付のジャネット・マッケイン宛の書簡 (『存在することの習慣』三〇〇ページ)。

第5章

ジョージア州のカトリック

ラファイエット広場にある洗礼者聖ヨハネ大聖堂

独立戦争以前、カトリックはジョージア州で受け入れられていなかった。しかしながら、ポーランドの伯爵カシミール・プラスキがサヴァンナの大義のために戦ったことが、カトリックを受け入れるための大きな一助となった。このカトリックの貴族が英雄的な活躍をなし、サヴァンナが包囲されたときにアイルランド系のカトリック教徒たちが勇敢にも命を投げ出して活躍したおかげで個人の自由と宗教の自由が強調されるようになった。さらに、一七七七年の州法令でカトリック教徒たちにいくつかの権利が認められようになったことは画期的であったと言える。

しかし、その時点ではまだ、彼らは政治的な仕事に就くことはできなかった。一七八九年に合衆国憲法で正式に受け入れられるに及んで、カトリック教徒たちはジョージア州の法律のもと、やっと権利の平等が認められるようになった。それでも、社会に順応できたわけでもないし、世間から理解されるようになったわけでもなかった。ジョージア州のカトリックは受け入れを求めて、二〇世紀になってからもかなりの間にわたって闘い続けた。このことは、フラナリー・オコナーがよく認識していた事実である。

一八世紀後半、ジョージア州に、イギリス系とヨーロッパ系のさまざまなカトリック教徒が居住するようになった。たとえば一七九〇年代、メリーランド州での経済的な困難から逃れてきたイギリス系カトリック教徒の一団が、ジョージア州ローカスト・グローブ近郊（現在のアトランタの南）に移住してきた。マーガレット・ミッチェルの母方の先祖であるフィッツジェラルド一家も、このカトリックの一員だった。彼らのすぐあとに移住してきたのがアイルランド・ティペラリー出身のカトリックで、フラナリー・オコナーの母方と父方両方の先祖たちだった。

そのほかにも一八世紀後半、フランス系カトリック教徒がサヴァンナに移住し、オーガスタや沿岸地域にも別のカトリックのコミュニティーがつくられた。しかし、初めのうちはヴァチカンからジョージアに司祭が送られてこなかったので、初期のカトリック共同体は生き残るために多大なる努力をしている。その後、サヴァンナのカトリック共同体がジョージアにフランス人の司祭を二人送ってきたが、ジョージアのカトリック共同体とその他の南部の共同体との距離が隔たっていることが問題となった。

この問題に気が付いたヴァチカンは一八二〇年にチャールストン教区を定め、それによってジョージア州とノース・キャロライナ州とサウス・キャロライナ州を管轄することになった。教区の長に選ばれた司祭は、三四歳のアイルランド人ジョン・イングランドだった。彼は司祭を応募・採用したほか、一八四〇年代にジョージアにやって来た修道女の修道会である「慈悲の聖母

(1) ここでは、マーガレット・ミッチェルの母方の曽祖父フィリップ・フィッツジェラルド（Philip Fitzgerald,1798～1880）とその妻エレノア・アヴァリン・マッガーン（Eleanor Avaline McGhan,1818～1893）の一家を指すが、実際にメリーランドからジョージアに移住してきたのは結婚前のエレノア一家のほうだった。詳細は Fitzgerald House のサイト参照。http://tomitronics.com/old_buildings/fitzgerald_house/index.html

修道会」をつくっている。

「慈悲の聖母修道会」は、サヴァンナからメイコン、アテネ、アトランタに至るまでジョージア全土に広がった。彼女らは教育と医療関係の奉仕をしていたが、やがて州全土で学校教育や学校・病院経営をするようになった。そして、イングランド司教は、南部のプロテスタントとのより友好的な関係の構築を大きく前進させた。

彼はアメリカの宗教の自由を尊重し、プロテスタント信者たちと友好関係を結んだ。さらに大切なことに、奴隷制度を是認したわけではないが、南部のカトリックを受け入れてもらうために奴隷制度を批判する部外者たちを非難している。

コンヤーにある「聖霊の聖母修道院」で祈りを捧げる修道士

このようにして、彼は南部の指導的な立場にある多くの人たちから信頼され、支持されるようになった。実のところ、ローマ・カトリック教会の奴隷に対する立場は、プロテスタントの立場と同様、どっちつかずのものであったということは言うまでもない。

一八五〇年までにジョージア州には五〇〇〇人を超えるカトリック教徒がいたので、ヴァチカンはサヴァンナ教区をつくることになり、サヴァンナは二〇世紀初頭までずっとジョージア州のカトリックの中心となった。そして、二〇世紀中頃までに、ドイツ系とアイルランド系のたくさんのカトリック教徒がサヴァンナに居住するようになった。そうした人のなかに、フラナリー・オコナーのアイルランド人の先祖が含まれていたわけである。

サヴァンナ教区の司祭は、あたかもジョージアの初期のイギリス系プロテスタントたちが抱いていた恐怖心を具現化するかのように、南北戦争直前に三代目の司教、フランス生まれのオーガスチン・ヴェロットに代わった。彼は、それ以前長年にわたって奉仕していたフロリダ州セント・オーガスチンからやって来た。ヴェロットは南部連合の熱烈な支持者で、一八六一年には早くもフロリダ州で行った説教のなかで奴隷制度を擁護していた。それが理由で、彼は「南軍兵司教」というあだ名を付けられている。

多くの注釈者が注目してきたように、カトリックは奴隷制度そのものを直接擁護しないにしても、南部連合を忠実に擁護することによってジョージアでの生活に容易に溶け込むことが可能になった。何しろ、カトリックの男性信徒は南部連合軍に従軍し、カトリックの司祭は往々にしてアンダーソンヴィルの忌まわしい捕虜収容所[2]における唯一の聖職者であり、「慈愛の聖母修道会」は南部連合の病院で病人の世話をしていたのだ。

さらに「慈愛の聖母修道会」は、南部連合軍が敗北したあと、ジェファソン・デイヴィス大統領の一家の世話をし続けた。南部連合のいわゆる詩人司祭であったエイブラム・ライアンは、戦後オーガスタで〈Banner of the South（南部連合旗）〉という南部擁護派の新聞の編集をしていた。

ウィリアム・テクムセ・シャーマン将軍が沿岸地帯への行軍途上、アトランタを包囲している間に、アトランタの司祭トマス・オレイリーは、「聖ピリポ監督派大聖堂」[3]、「中央長老派教会」[4]、その他町のプロテスタント教会をはじめとして「無原罪の御宿りの聖堂」[5]を燃やさないようにとシャーマンを説得した。ところが、伝説によれば、シャーマン将軍は一八六四年一二月二二日にサヴァンナに到着したとき、その都市の美しさに圧倒され、リンカーン大統領に電報を送り、この都市をクリスマスプレゼントとして贈りたいと申し出たという。それゆえ、都市を守ったのは、南部の大義に忠実だったカトリックというよりも美しい町並みそのものだったと論じることができるかもしれない。

カトリックが南部連合に忠誠を尽くした結果の一つとして、カトリックの初等学校が地元の学校教育組織の一部として組み込まれ、その制度が二一世紀初頭まで続いたことが挙げられる。このとき以降、カトリックではない多くのジョージアの人たちにもローマ・カトリックの教えが受け入れられるようになった。サヴァンナの洗礼者聖ヨハネ大聖堂が一八九八年に火事になったとき、カトリックでない多くの人たちが新しい教会を建てるために募金をしている。この大建築物

（2）南北戦争中の一八六四年に、ジョージア州アンダーソンヴィル郡付近（実際はメイコン郡）に開設されたサムター収容所のこと。敷地面積一〇万七二〇〇平方メートル。かつて、実際の収容可能人数の四倍にあたる約四万五〇〇〇人の北部連邦軍の捕虜が収容され、劣悪な環境のなかで約一万三〇〇〇人が病死したと言われている。現在、アンダーソンヴィル国立歴史記念地区に指定されている。

（3）（St. Philip's Episcopal Church）「聖ピリポ大聖堂」とも呼ばれる。一八四六年に創立されたアトランタ教区の監督派の母教会。会員約七〇〇〇人の全米最大規模の監督派教会。所在地：2744 Peachtree Road NW Atlanta, GA 30305。詳細は The Cathedral of St. Philip のホームページ参照のこと。https://www.stphilipscathedral.org/

（4）（Central Presbyterian Church）一八五八年創立。黒人問題・労働問題に取り組む一方で、地域福祉・医療などに貢献。英国ゴシック様式の建築物で、南北戦争でほとんど消失したが、その後再建され、一九八六年アメリカ合衆国国家歴史登録財に指定された。所在地：201 Washington St. SW; Atlanta, GA 30303。詳細は Central Presbyterian Church のホームページ参照のこと。http://www.acswebnetworks.com/centralpres/

（5）（Shrine of the Immaculate Conception）地元の建築家ウィリアム・H・パーキンス（Wiiliam H. Parkins）が設計。アイルランド人宣教師ジョン・バリー神父（Father John Barry）により、一八四八年創設。一八四九年、「南部の詩人司祭」と呼ばれたアブラハム・ジョセフ・ライアン（Abram Joseph Ryan, 1838~1886）が定礎を行った。アトランタで最初のカトリック教会。詳細は The Catholic Shrine of the Immaculate Conception のホームページ参照。http://www.catholicshrineatlanta.org/phpMap/history.php

は今日でもサヴァンナ最大の業績の一つであるが、サヴァンナすべての住民の誇りとするものでもある。

しかしながら、多くのジョージア州の住民にとって、カトリック教徒を受け入れることは容易なことではなく、二〇世紀最初の数十年の間に反カトリック主義の風潮が渦巻いた。また、カトリック教会がジョージアでどんどん勢力を増していることに対して脅威を感じはじめる住民もいた。とくに、アイルランド系カトリックが圧倒的に多い地域社会にイタリア人、レバノン人、ハンガリー人、アフリカ系アメリカ人のカトリック教徒が入ってきたことと、ジョージア教区に外国人の司祭が派遣されてきたことが彼らにとっての脅威であった。

カトリック側も住民側も、両者とも折にふれて苦し紛れの策を講じた。〈Augusta Chronicle《オーガスタ・クロニクル》〉の編集者であり、長年議員を務め、ジョージアでもっとも名を知られていたカトリックの政治家であるオーガスタのパトリック・ウォルシュは、いくつかの地域で不正投票などの姑息な手段を使うことによって人民党のトム・ワトソンからの挑戦を退けていた。(6)

ウォルシュは引き続きオーガスタ市長になり、ジョージアの政界で主導的なカトリックだったが、権力を握り、確信をもって戦略を練るウォルシュに対して恐怖心を抱いていたジョージアのプロテスタントたちは、心穏やかではなかった。

このような次第で、一九世紀にジョージアのカトリックたちが受容されると同時に、反カトリックの風潮が広まりはじめたのである。増大するカトリック勢力への危機意識から立ち上げられた中西部の組織である「アメリカ保護協会」がジョージアにも設立され、直ちに、メイコンとオーガスタの公立カトリックの学校組織を解体した。クー・クラックス・クランが活動を再開し、ユダヤ人とアフリカ系アメリカ人とカトリック教徒を攻撃目標とした。

二〇世紀前半は終始、反カトリック主義がアメリカ南部、とくに地方の居留地で栄え続けたことは確かだが、二〇世

(6)(The Populist Party)一八九一年に設立。農本主義・反エリート主義を掲げて、アメリカの南部や中西部の貧しい農民たちの支持を得て、一八九二年から一八九六年にかけて最盛期を迎えた。北部の労働組合や南部の共和党と連合を組むこともあったが、一八九六年に民主党に選挙協力し、大統領候補ウィリアム・ジェニングス・ブライヤン(William Jennings Bryan, 1860~1925)を支持し、選挙に敗れたことにより急速に勢力が衰退し、その後一九〇〇年ごろに解散した。

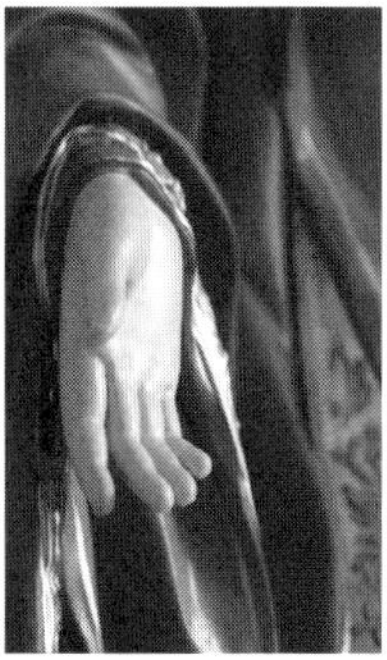

聖心カトリック教会の聖母像の手

ミレッジヴィルの聖心カトリック教会にある十字架にかけられたイエス像

紀半ばに高まってきたエキュメニカル運動[7]が変化のきっかけとなり、あまり文明の進んでない地域にも変化が起こった。さらに、第二ヴァチカン公会議（一九六二年～一九六五年）による改革と法王ヨハネ二三世によって、ローマ・カトリック教会に大きな変化がもたらされた。現代教会の宣教の意向を反映させるべく、ミサの言葉をラテン語から現地の言葉に変え、司祭の顔が会衆に見えるように主祭壇の位置を変え、会衆が儀式にもっと参加できるように、ミサの礼拝方式そのものも少しずつ頻繁に変えられた。

フラナリー・オコナーが亡くなったのは第二ヴァチカン公会議が終了する前だったが、彼女の手紙によれば、「カトリックの現代化（Aggiornamento）」という新しい息吹をカトリック教会に吹き込む改革に、明らかに賛成していたことが分かる。

（7）キリスト教の教会・教派を超えて一致を目指す運動で、「エキュメニズム」または「世界教会主義」とも呼ばれる。キリスト教と他宗教との対話や協力をも目指す。二〇世紀初頭にプロテスタントにおいてはじまり、カトリック教会においては、一九六二年から六五年にかけて開催された第二ヴァチカン公会議でローマ教皇パウロ六世が「エキュメニズムに関する教令」を布告して以降盛んになった。

第6章

オコナー作品における カトリック信仰

フラナリー・オコナーの使用していた祈祷書の一つ

ローマ・カトリック教会は、フラナリー・オコナーの生活の中心を占めていた。「ゆりかごにいるときからカトリック信徒」であったオコナーは、自らのカトリック信仰を作家としての自分に解放をもたらすものと見ていた。

「もしも私がカトリック信徒でなければ、書く理由もなければ、見る理由もなければ、怖がったり、何かを楽しんだりする理由さえないであろうという気がする。私は生まれながらのカトリックであり、幼少時代にカトリックの学校へ通い、カトリック教会から離れたことも、離れたいと思ったこともない」[1]と語っている。

カトリックの中心はもちろん聖体拝領、すなわちミサの儀式である。よく引用される言葉として有名であるが、そのことに関してオコナーは、都会的なニューヨークの集会で、聖体拝領とは強力な象徴であると主張したカトリック棄教者メアリー・マッカーシーに対して、次のように言い返している。

「もしも聖体拝領が単なる象徴にすぎないのであれば、そんなものはクソくらえ、と私なら言うであろう」[2]と。

彼女の信仰の力強さを強烈に思い出させてくれる言葉である。

ローマ・カトリック教会が奉じていた秘蹟に対する洞察力は、オコナーの作品のすべてに横たわっている。おそらく、その事実がもっともはっきり表れているのは《聖霊のやどる宮》の結末部分であろう。その箇所で、物語が進展するにつれて聖なる存在を連想させる太陽が、「赤くて大きくて、血に浸された聖体」のように描かれ、太陽が沈むと、「樹々の上の空に、赤っぽい粘土の道に似た一筋の光が残った[3]」と書かれている。

キリストが人間の歴史に入って

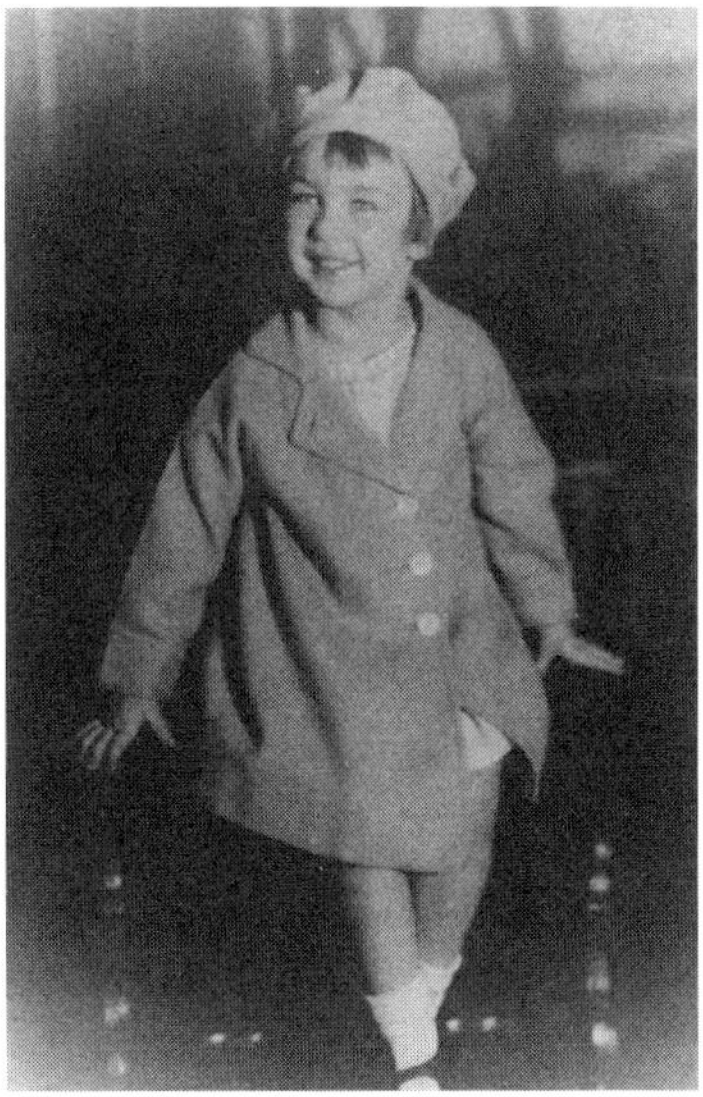

メアリー・フラナリー・オコナー、3歳のとき（ジョージア・カレッジ&州立大学図書館フラナリー・オコナー・コレクションの好意による）

（1）一九五五年一一月六日付のジョン・リンチ宛の書簡（*The Habit of Being*, p. 114　田中訳）。

（2）一九五五年一二月一六日付のベティ・ヘスター宛の書簡（*The Habit of Being*, p. 125　田中訳）。原著には“If the Eucharist were only a symbol, I'd say to hell with it.”と記されているが、正しい書簡からの引用は“Well, if it's a symbol, to hell with it.”である。一九四九、一九五〇年ごろ、フラナリー・オコナーがロバート・ローウェル夫妻に誘われて行ったメアリー・マッカーシー夫妻との食事の席で、棄教者に対して話す言葉はないと決め込んでずっと黙っていたが、話が聖餐式に及び、マッカーシーが子どものころはミサのパンを聖霊と思っていたが、今では象徴と思っていると言ったときに言い返した言葉として記されている。

（3）『フラナリー・オコナー全短篇（上）』一一三ページ。

きたことと、人類の罪の身代わりとなって死んだことが、これらの数行の文にはっきりと示されている。あたかも、キリストが私たちのもっとも小さなもののなかにさえ宿っているかのようである。オコナーが大のお気に入りだったイエズス会司祭ジェラード・マンリー・ホプキンスの詩は、神は被造物の中に内在するというオコナーの感覚に類似し、影響を及ぼしている。

神の臨在をおそらくもっとも強烈に示していると思われる作品は《河》、《強制追放者》、《森の景色》、《啓示》、《パーカーの背中》である。それらすべての作品は、オコナーの作品では稀に見る抒情的な短い文章で、この世における聖なる存在の神秘的な効験《こうけん》を明示する。

霊的に近眼の人や傲慢なほどに自己充足している人だけは、その神秘を感知することができないということをオコナーは示している。たとえば《森の景色》において、貪欲で自己中心的で、その性格にふさわしい名をもつフォーチュン氏という人物は、最後まで荘厳で力強い神と、堕落したこの世に与えられた神の子を認知することができなかった。

三度めに森を見に立った時は六時に近く、太陽は森のうしろに沈んでほとんど姿をかくし、夕方の赤い光がそそぐなかで、ひょろ長い松の幹がさらに伸びたように見えた。老人はしばらく見つめていた。未来に通じるあらゆるもののたてる音からへだてられ、これまで理解していなかった不快な謎のまんなかに置かれたような瞬間が続いた。老人は見た。幻想のなか

―で、森の向こうにいるなにものかが傷つき、木々が血にひたっている。[4]

オコナーは、カトリック教徒たちが国家の歴史はじまって以来ずっとこの方弱い立場にあることをよく分かっていた。しかし成熟期の作品では、《賢い血》のフーバー・ショーツ（またの名をオニー・ジェイ・ホーリー）や《強制追放者》のショートレー一家、《長引く悪寒》のアズベリーなどの人物を通じて、南部の偏狭な典型的カトリックを殊更に風刺した。

《賢い血》では、フーバー・ショーツがヘイゼル・モーツと彼の説く「キリストのいない教会」を模倣して、自分の教会が信用のおける教会である理由として次のように主張させている。

「この教会は、外国のものとは全くかかわりがない」

「みなさんが理解し、これでいいと認めることのできないものは、信じなくてよろしい」

「みなさん自身のそれぞれの聖書の解釈に基づいている」

実際、彼は、「みなさんは自分の家の中に坐って、心の中で聖書はこういうふうに解釈しなければならないと感じるならば、そういうふうに自分の聖書を解釈すればよろしい[5]」と言っている。

（４）『フラナリー・オコナー全短篇（下）』八五〜八六ページ。
（５）四つの発言は、『賢い血』一五六〜一五七ページ。

カトリックを揶揄する登場人物

「あの外人、英語も知らないくせに、トラクターが運転できるなんて信じられるかい？　奥さんは、あの連中にお金をつぎこんでも、もとはとれないだろうよ。息子は英語を話すけど、体力がなさそうだし、働けるほうはしゃべれない。しゃべれるほうは働けない。それじゃ、黒いやつを雇うほうがましだろうに。」

「おれなら、黒いやつのほうがいいね。」

「ああいう人が何百万人もいるんだとさ。あの神父さんが、いくらでも奥さんの要るだけ連れてくるって言ってるらしいよ。」

「奥さんも、神父なんてのと手を切らなくちゃな。」

「あの神父さん、間がぬけてるよ。頭が悪いんじゃないかね。」

「おれは酪乳の仕事にローマ法王の口出しなんぞまっぴらだぜ。」（「強制追放者」『フラナリー・オコナー全短篇（上）』229ページ）

ここにおいてオコナーは、諸刃の刃をかざしている。オコナーは南部に蔓延しているカトリックに対する初歩的な誤解を認識するとともに、カトリックとして手に負えない原理主義的なプロテスタントの慣習を強調している。たとえば、個人の（往々にして無知で利己主義的な）意志の外にある教えや道徳的な権威に対する従順さが欠如していること、そしてその当然の結果として、聖書を読み、自分自身で勝手に意味を見いだすことが各自の自由であると思われていることなどである。

オコナーは《強制追放者》のショートレー夫妻の無知を提示している。夫妻はともに、ポーランド人一家をマッキンタイヤ夫人の農場に連れてきた司祭のことを、「滅ぼしに来た」不吉な存在と見ている。そしてショートレー氏は、「ローマ法王」がアメリカ人の日常生活における家庭での習慣まで指図しはじめるのではないかと恐れる。一方、彼の妻は、自分自身を預言者と見なし、カトリック司祭と外国人がやって来たのは、「終わりの時」が近づいているからだと信じている。

雇い主のマッキンタイヤ夫人に関してもまた、キリスト教の教えに対して無知である。彼女のほうがショートレー夫妻よりも罪が重いかもしれない。というのも、彼女は資産家の白人女性だから、そのような人間になることを回避するための教育と機会に恵まれていたからである。

フーバー・ショーツのような人物と同様、ショートレー夫妻はオコナーによってコミカルに描かれているが、その一方で、物語の中心人物マッキンタイヤ夫人に対しては、多くを与えられた者は多くを求められるという格言を示唆するかのように、著者オコナーからより真剣な眼差しを注がれている。

この初期作品に登場する司祭は、無分別で不器用であるが、ショートレー夫人と違って、孔雀に体現される神の神秘を体験し、理解する真の預言者である。彼は、そのようなことのできる唯一の登場人物である。少なくとも司祭は、たまたま名前は一度も出てこないが、マッキンタイヤ夫人には計り知ることのできない神の神秘を思い出させてくれる目に見える存在であることは、ガイザック氏に終油の秘蹟をしているところからも見て取れる。(6) マッキンタイヤ夫人には秘蹟を理解することもできないし、さらに注目すべきことに、すべての農場労働者を「余計者」と見なし、人間の命を軽んじるがあまりに、遂にはガイザック氏殺害の共犯者となってしまう。

しかしながら、ここにおいて、司祭は主にマッキンタイヤ夫人が神と出会うための間接的な仲介者としての役割をしている。強烈で貪欲なローマ・カトリック教会というショートレー氏の考えを静かに解毒するような働きをしている一方で、彼の働きは、物語の中心的な展開に対しては補助的なものとなっている。

オコナーの死後出版された短篇小説集『すべて上昇するものは一点に集まる』（一九六四年）において、《長引く悪寒》は少なくとも南部のカトリックに対する態度が変化してきたことをわずかながらに認識していることを示していると言ってよい。

この作品で司祭は、物語の大円団の中心的な役目を果たしている。物語の主人公であり作家志望だった、名目上プロテスタントと思われるアズベリー・フォックスは、自分は故郷に戻ってきたけど結局は死ぬのだと思い込み、母に司祭を呼んでくれと命令する。とりわけ、知的に自分と対等な、あるいは対等と思えるようなイエズス会士を呼んでくれ、と。しかし、そのおごり高ぶった若者が司祭によって得たものは、まさに自分が必要としていることが何であるかを知らないという自覚であった。

大真面目の司祭「パーガトリーから来たフィン神父」（彼の教区名パーガトリーは「煉獄」の

聖霊の降臨

母が行ってしまうと横になり、灰色の壁についたしみをしばらく見つめていた。雨漏りのつくった長いつららのかたちが、天井と壁の境の蛇腹から垂れ下がっている。ベッドのちょうど真上では、また別の雨漏りが天井に翼をひろげた猛鳥のかたちをなしている。くちばしを横切ってつらら型が走り、さらに翼や尾から、もっと小さいつららが下がっている。このしみは小さいことからその場所にあって、それを見るといらいらし、時にはおびえることもあった。その猛鳥が動きだし、神秘にみちていまにも降下しようとし、下にいるアズベリーの頭につららを落とすという幻想をたびたび見た。（「長引く悪寒」『フラナリー・オコナー全短篇（下）』110ページ）

意味であり、オコナーの目的によくかなった名前である）は、アズベリーにいきなり彼の霊的な習慣に関して無遠慮に聞くことによって、彼の霊的苦悩の核心に達した。神父はアズベリーに、朝と夕べの祈祷をしているかと尋ね、定期的に祈らないことに対して、「イエスに語りかけなければ、イエスを愛することはできない」と言って彼を叱責する。アズベリーは、神を神話化することによって自らが賢い人間であることを証明しようとするのだが、老神父は何の反応も示さない。その代わり、アズベリーに「純潔の問題かね？」と問い、「あなたをつくったの

（6）　カトリック教会における七つの秘蹟の一つ（三九ページ注17参照）。臨終の病者に司祭がオリーブ油を塗り、最後の聖体拝領を行い、罪の赦しと祝福を祈る儀式。第二ヴァチカン公会議以降は「病者の塗油」という名称になり、罪の許しと病気の癒しを祈る儀式に変わった。

は誰か？」とか、「神はなぜあなたをつくり給うたのか？」と教理問答を復唱することで質問を続ける。

　このときには、アズベリーはすでに神父を呼んだことがまちがいだったと気付いていて、神父に出ていってもらおうとして、「私はカトリック教徒じゃないんです」と言う。アズベリーを苦境から救うのを潔しとしない神父は、アズベリーに聖霊を求めるようにと言って返すが、傲慢な「病気の」青年は、「聖霊なんて、ちっとも来てほしくない」と返事をする。怒った神父は、「くだらないものでいっぱいの魂を、どうして聖霊が満たせるか？……怠惰で、無知で、気どり屋の自分を見てとるまでは、聖霊は下ってこない」と言い返す。

　そして、フィン神父が家を出るときアズベリーは、神父が彼の母親に「心は善い青年なんだが、あまりにものを知らなさすぎる」(7)と話しているのを耳にする。この言葉がアズベリーにとって、明らかに最後の一撃になる。というのも、彼は自分が決して無知ではないと信じているからだ！

　このように、晩年の物語の一つで、オコナーはアズベリーに啓示をもたらすうえで神父に重要な役目を与えている。寝室の天井にできた水のシミという形で聖霊が降臨するということは、まさにアズベリーが決して求めていないものだった。

　ショートレー一家とは違い、知的で洗練されたような感じの人物こそが、最悪の無知、霊的な無知の典型なのである。カトリックの司祭フィン神父は、《強制追放者》の気を取り乱した、かなりおかしな聖職者でもなければ、一九四〇年代の人気映画のハンサムで気高いビング・クロスビーのような人でもない。彼はいわばほとんどカトリックの原理主義者のようなものであり、感傷に流されない人物で、議論の余地はあるだろうが、プロテスタントの原理主義者のなかでもっとも熱心な信者とかなり共通する要素をもっている。

この晩年の作品が、一九六〇年代のエキュメニズムの精神において、すべてのキリスト教信仰の共通要素をオコナーがますます理解するようになっていたことと、彼女がカトリック信仰を進んで作品の最前線に打ち出そうとしていたことを示した証しとして読むことが可能である。この点を強調するかのように、オコナーの最後の未完成作品《なにゆえ国々は騒ぎ立つ》(作品の断片しか残っていないが) は、これまでの作品のなかで初めてカトリックの主人公を登場させた。オコナーの作品の進化は、実にジョージア州および南部において、カトリックの受容の度合い、あるいはその受容に対するオコナー自身の感覚に並行しているのかもしれない。

---

(7) 『フラナリー・オコナー全短篇 (下)』 一二六〜一二八ページ。

訳者あとがき

本書は *A Literary Guide to Flannery O'Connor's Georgia*（Athens, Georgia: The University of Georgia Press, 2008）の翻訳である。原著の裏表紙に「深い霊性と激しい想像力を持つ作家を取り巻く物質界への視覚的に美しい案内書」と書いているように、フラナリー・オコナーの文学世界を視覚化して読者に紹介することを目的とした案内書である。

作家の精神や霊性という抽象物が、文字を書き綴った本という具象世界と無縁でないように、作家の生きた土地・建物という具象世界もまた、作家の精神や霊性と深いつながりをもっている。オコナーが短編小説《善人はなかなかいない》のなかで、「白銀の日光をいっぱいにあびる木々のすばらしいこと。ちっぽけな木でさえ、きらきら輝いているでしょ」（『フラナリー・オコナー全短篇（上）』一〇ページ）と描くとき、その「ちっぽけな木」のなかにも神の愛を読み取っているように、オコナーは自分自身と自分を取り巻く世界を、常に神とのつながりという観点から見ていた。

オコナーにとって、物質界と精神界は不可分のものであり、精神と物質を分けて捉える考え方をマニ教的であるとして嫌ったことを、エッセイ《小説の本質と目的》のなかで次のように述べている。

マニ教徒は、霊と肉を分けて考えた。彼らにとっては物質すべてが悪であった。純粋な霊を追求した彼らは、物質の仲介を排して直接に無限なるものに近づこうとした。この考え方には現代精神にとても似たところがあって、これに染まった感性の持ち主には小説を書くことが不可能だとは言わないが、なかなか困難であるに違いない。（上杉明訳『秘義と習俗——フラナリー・オコナー全エッセイ集』春秋社、一九九九年、六五ページ）

これは、マニ教そのものの批判であると同時に、抽象的な概念ばかりを書きたがる駆け出しの作家と、そのような傾向をもつ現代人を批判する言葉であるのだが、彼女はこの前文に次のような言葉を添え、物質的世界・具体的細部を見ることの重要性を説いている。

議論や論争の種はよく知っているが、生活の実際の相なぞに気は配らない。心理的・社会的側面から個人の歴史を探るだとか、社会学的色のついたものは何でも意識しているが、こ

——の地上にわれわれがいるという神秘を目に見える形にしている生活の具体的細部は、すっかり忘れている。（前掲書）

オコナーにとって、作家がもつべき想像力は、「一つのイメージ、一つの状況の中に、現実をその異なった段階で捉えその諸相を見る」「神秘的想像力」（前掲書、六九ページ）なのである。同じくオコナーは、読者に対しても次のように理想の読者像を語っている。

いい作品を理解できる精神は、必ずしも教育を受けた精神ではない。しかし、それはつねに、現実との接触によって神秘を視る感覚を深め、神秘との接触によって現実を視る感覚を深める用意のある精神である。（前掲書、七五ページ）

本書は、この意味において、オコナーの作品にこめられた神秘とジョージアという現実世界の橋渡し的な役目をするものである。読者が本書を通じて、ジョージアによって培われたオコナーの霊性と彼女の作品との結び付きを学び、オコナーの作品への理解を深めてくれること、また物質主義とニヒリズムに汚染しかかっている現代社会にあっても「神秘を視る目」を獲得してくれることを期待する。

なお、本書の作成にあたって、翻訳出版の価値を認めてくれた株式会社新評論の武市一幸氏、情報提供に協力してくれた原著編集者クレイグ・アマソン（Craig Amason）氏、ジョージア・カレッジのブルース・ジェントリー（Bruce Gentry）氏、「フラナリー・オコナー子ども時代の家」委員のクリスティーン・サジェッキ（Christine Sajecki）氏、「ジョージア旧州都博物館」常任理事のエイミー・ライト（Amy J. Wright）氏に感謝する。

二〇一五年五月一〇日

田中浩司

抜粋参考文献と映像関係文献一覧

フラナリー・オコナーによる作品

・*Wise Blood*. New York: Harcourt, 1955.
・*A Good Man Is Hard to Find*. New York: Harcourt, 1955.
・*The Violent Bear It Away*. New York: Farrar, 1960.
・*Everything That Rises Must Converge*. New York: Farrar, 1960.
・*Mystery and Manners*: New York: Farrar, 1969.
・*The Complete Stories*. New York: Farrar, 1971.
・*The Habit of Being: Letters of Flannery O'Connor*. Edited by Sally Fitzgerald. New York: Farrar, 1979.
・*Flannery O'Connor: Collected Works*. Edited by Sally Fitzgerald. New York: Library of America, 1988.
・上杉明訳『秘義と習俗――フラナリー・オコナー全エッセイ集』春秋社、一九九九年。
・須山静夫『賢い血』筑摩書房、一九九九年。
・横山貞子訳『フラナリー・オコナー全短篇（上）』筑摩書房、二〇〇三年。

・——『フラナリー・オコナー全短篇（下）』筑摩書房、二〇〇三年。
・——『存在することの習慣』筑摩書房、二〇〇七年。
・佐伯彰一訳『烈しく攻める者はこれを奪う』文遊社、二〇一二年。

フラナリー・オコナーに関する論文・書籍

・Amason, Craig R. "From Agrarian Homestead to Literary Landscape: A Brief History of Flannery O'Connor's Andalusia." *Flannery O'Connor Review* 2 (2003-4): 4-14.
・Bacon, Jon Lance. *Flannery O'Connor and Cold War Culture.* New York: Cambridge University Press, 1985.
・Cash, Jean. *Flannery O'Connor: A Life.* Knoxville: University of Tennessee Press, 2002.
・Ciuba, Gray. *Desire, Violence, and Divinity in Modern Southern Fiction: Katherine Anne Porter, Flannery O'Connor, Cormac McCarthy, Walker Percy.* Baton Rouge: Louisiana State University Press, 2007.
・Elie, Paul. *The Life You Save May Be Your Own: An American Pilgrimage.* New York: Farrar, 2003.
・Gentry, Marshall Bruce, Ed. *Flannery O'Connor Review* (formerly *The Flannery O'Connor*

Bulletin). Milledgeville: Georgia College & State University, 1972-present.

· Giannone, Richard. *Flannery O'Connor: Hermit Novelist.* Urbana: University of Illinois Press, 2000.

· Gordon, Sarah. *Flannery O'Connor: The Obedient Imagination.* Athens: University of Georgia Press, 2000.

· New Georgia Encyclopedia. http://www.georgiaencyclopedia.org (accessed 2007).

· O'Gorman, Farrell. *Peculiar Crossroads: Flannery O'Connor, Walker Percy, and Catholic Vision in Postwar Southern Fiction.* Baton Rouge, Louisiana State University Press, 2004.

· Srigley, Susan. *Flannery O'Connor's Sacramental Art.* Notre Dame, Ind.: University of Notre Dame Press, 2004.

· Skyes, John. *Flannery O'Connor, Walker Percy, and the Aesthetic of Revelation.* Columbia: University of Missouri Press, 2007.

· Wood, Ralph C. *Flannery O'Connor and the Christ-Haunted South.* Grand Rapids, MI: Eerdmans, 2004.

映像

・*A Circle in the Fire.* Directed by Victor Nunez, 1974. Chicago: Perspective Films, 1976 (16mm).
・*The Displaced Person.* Adapted by Horton Foote, directed by Glenn Jordan. American Short Story Film Series. Chicago: Perspective Films, 1977 (16mm).
・*Wise Blood*, Adapted by Benedict and Michael Fitzgerald, directed by John Huston. Universal Studios, 1979.

1955年	５月６日、フラナリーの最初の短編小説集《*A Good Man Is Hard to Find and Other Stories*（善人はなかなかいない及びその他の物語）》が出版される。
1958年	４月末、フラナリーとレジーナ、ミラノ、パリ、ルルド、ローマへ旅行。その巡礼旅行は、サヴァンナのラファエル・セムズ夫人（別名カズン・ケイティ）からの贈り物だった。
1960年	２月８日、フラナリーの２番目の小説《激しく攻めるものはこれを奪う》が出版される。
1964年	８月３日、フラナリー、ミレッジヴィルのボールドウィン郡立病院で亡くなる。
1965年	フラナリーの２番目の短編小説集《*Everything That Rises Must Converge*（昇るものはすべて一点に集まる）》が出版される。
1969年	サリー＆ロバート・フィッツジェラルド編集『秘義と習俗』が出版される。
1971年	《*Complete Stories*（全作品集）》が出版され、全米小説図書賞を受賞。この賞が死んだ作家の作品に授与されたのは初めてだった。
1979年	サリー・フィッツジェラルド編集『存在することの習慣―フラナリー・オコナーの手紙』が出版され、激賞される。
1988年	サリー・フィッツジェラルド編集『*Flannery O'Connor: Collected Works*（フラナリー・オコナー作品集）』が有名なライブラリー・アメリカ叢書として出版される。

	に入学。ジャーナリズム・コースの奨学金を受けるも、このカリキュラムに不満を覚え、ライターズ・ワークショプに入り、ポール・エングルの指導を受ける。この頃からメアリー・フラナリー改め、単に「フラナリー」と名乗るようになった。
1947年	６月１日、フラナリーはアイオワ州立大学から芸術修士号を取得、最初の小説を書きはじめる。1948年６月までラインハート奨学基金を受けて、アイオワに在籍。
1948年	フラナリー、ニューヨークのサラトガ＝スプリングスの近くにあるヤッド財団の芸術家ための別荘に入るよう招待を受ける。６～７月の間そこに滞在し、のちに再び戻ってきて、1949年９月から翌年の２月まで滞在。
1949年	８月の間ずっとフラナリーはニューヨーク市に住み、その後コネチカット州リッジフィールドに引っ越す。ロバート＆サリー・フィッツジェラルド夫妻の家の駐車場建物内の貸室に居住、アイオワではじめた最初の小説をこつこつ書き続けた。
1950年	クリスマス休暇でミレッジヴィルに戻る旅の途中、体調が悪化し、到着後直ちに入院。
1951年	２月、フラナリー、アトランタのエモリー大学病院に転院。血液検査の結果、全身性エリトマトーデスと診断。３月までに、ミレッジヴィルに戻れる程度まで回復。フラナリーとレジーナ、町の４マイル北にある家族の農場アンダルシアに引っ越す。
1952年	５月15日、フラナリーの初めての小説《賢い血》が出版される。

フラナリー・オコナー年譜

1925年	3月25日、エドワード・フランシス・オコナーとレジーナ・クライン・オコナーのただ一人の子として、メアリー・フラナリー・オコナーが生まれる。オコナー家の住所は、サヴァンナのチャールストン・ストリート東205、ラファイエット広場に面して、洗礼者聖ヨハネ大聖堂の真向かいに住んでいた。
1931年	サヴァンナの聖ヴィンセント女子グラマースクール第1学年に入学。
1936年	サヴァンナの聖心グラマースクールに転校。
1938年	エドワード・オコナーが連邦住宅局の地域不動産鑑定士になり、一家はアトランタに引越し、ポトマック・ストリート2525に住む。メアリー・フラナリーはノートン・フルトン高校の生徒となる。
1940年	エドワード・オコナーが全身性エリテマトーデスで健康が衰弱したため、一家はミレッジヴィルに引越し、グリーン・ストリート西311にあるクライン家に入り、メアリー・フラナリーの伯母メアリー・クラインとケイティ・クラインと生活を共にする。メアリーは、ジョージア州立女子カレッジ（略称 GSCW）のキャンパスにあるピーボディー高校に入学。
1941年	2月1日、エドワード・オコナー、全身性エリトマトーデスの合併症により死亡。
1942年	メアリー・フラナリー、ピーボディー高校を卒業、ジョージア州立女子カレッジのサマースクールに入学。
1945年	6月1日、メアリー・フラナリー、GSCW より社会学で学士号を取得。故郷を出て、アイオワ州立大学

1879）

リー, マリヤット（Maryat Lee・1923〜1989）ケンタッキー州出身。劇作家。ジョージア・カレッジ&州立大学の学長ロバート・E・リーの妹。1951年、路上劇*Dope!*を創作。イースト・ハーレムにSALT（the Soul and Latin Theater）とウェスト・バージニアにEco Theaterを創立。

リー, ロバート・E（バズ）（Robert E.(Buss) Lee・生没年不明）マリヤット・リーの兄。フロリダ大学でPhDを取得。ジョージア州ローマのベニー・カレッジからジョージア州立女子カレッジに赴任。学長としてカレッジの入学者減少問題・共学化問題などに対処した。任期中に、リーが反対していたにもかかわらず、理事会の決定によりカレッジが共学化した。知事公邸の改築・改装にも貢献した。

レランド, ドロシー（Dorothy Leland・1948〜）第19代ジョージア・カレッジ&州立大学学長、女性としては2人目の学長に就任。2011年、カリフォルニア大学マーセド校大代学長に就任。

ローウェル, ロバート（Robert Lowell・1917〜1977）マサチューセッツ州ボストン出身。詩人。ケニヨン・カレッジでジョウ・クロウ・ランサム（John Crow Ransom・1888〜1974）から詩を学ぶ。1947年、*Lord Weary's Castle*でピュリッツァー賞受賞。1959年、*Life Studies*で全米図書賞受賞。プロテスタントの監督派からカトリックに改宗。第2次世界大戦中に徴兵拒否で投獄。1967年、ベトナム反戦集会で自作の詩を朗読。

【ワ】

ワシントン, ジョージ（George Washington・1723〜1799）ヴァージニア植民地出身。黒人奴隷プランテーションを父から引き継ぐ。フレンチ・インディアン戦争に従軍。米国独立戦争における初代大陸軍総司令官、アメリカ初代大統領、第6代合衆国陸軍最先任士官。「建国の父」と称される。

ワード, H.P.（H. P. Ward・生没年不明）のちにピーター・ジェイムズ・クラインが購入することになった家（クライン邸）の所有者。

ワトキン, シャーリー（Shirley Watkins・生没年不明）作家。詳細不明。*Nancy of Paradise Cottage*（1921）、*Georgina Finds Herself*（1922）、*Jane Lends a Hand*（1923）などの作品がある。特にオコナーが最悪と称した*Georgina Finds Herself*は当時少女向けの本として大変人気で、子どもたちが他のいい本を読まなくなるという理由で、教師や図書館司書に受け入れてもらえなかった。http://www.lib.umd.edu/RARE/SpecialCollection/nancy/scorned.html

ワトソン, トム（Thomas Edward Watson・1856〜1922）米国の政治家。農民同盟の連邦下院議員として地方における郵便の無料配達のために尽力。のちに人民党によって副大統領候補、大統領候補に指名された。

哲学者・政治思想家。新トマス主義者。パリ・カトリック大学教授・バチカン市国大使。ソルボンヌ大学時代にベルグソンの講義を受け、直接影響を受け、自殺を思いとどまる。フランスの作家レオン・ブロア（Léon Bloy・1846～1917）の影響を受け、1906年カトリックの洗礼を受ける。『芸術家の責任』（浜田ひろ子訳、九州大学出版会、1984年）、『岐路に立つ教育』（荒木慎一郎訳、九州大学出版会、2005年）。

マルセル, ガブリエル（Gabriel Marcel・1889～1973）フランスのキリスト教的実存主義哲学者・劇作家。赤十字軍として第１次世界大戦中に参加。ユダヤ教徒の両親の元に育つ。無神論者であったが、1929年にカトリックに改宗。アンリ・ベルクソンの影響を受け、ジャン・ポール・サルトルの実存主義を研究していたが、その後キリスト教研究に向かった。『マルセル著作集（全８巻＋別巻）』（春秋社、1966～1977年）

マン，マーガレット・フローレンコート（Margaret Ida Florencourt Mann・1925～2002）レジーナの妹アグネス・クラインとフランク・フローレンコートとの間の娘。夫の名前はロバート・W・マン（Robert W. Mann）。2001年、フラナリー・オコナー＝アンダルシア財団を妹ルイーズ・フローレンコートとともに設立した。

ミッチェル，マーガレット（Margaret Mitchell・1900～1949）ジョージア州アトランタ出身。1936年に『風と共に去りぬ』を出版すると、最初の半年で100万部売れた。27か国語に翻訳され、今でも毎年25万部が売れている。1936年全米図書賞、1937年ピュリッツァー賞受賞。1939年、デビッド・O・セルズニックによって映画化され（監督・ヴィクター・フレミング、主演・ヴィヴィアン・リー）、大ヒットロングランとなった。1939年、第12回アカデミー賞受賞。日本では1952年に上映された。

ミレッジ，ジョン（John Milledge・1757～1818）ジョージア州サヴァンナ出身。アメリカ独立戦争で活躍。下院議員、ジョージア州知事、上院議員を務めた。ジョージア州アテネというオコナー川周辺の地名は、彼がジョージア大学設立のために買って名付けた土地の名前。

ムーア，オーガスチン（Augustine Moore・1957～1983）厳律シトー修道会のトラピスト修道士。ジョージア州コンヤーの聖霊修道院の大修道院長。

【ヤ】

ヨハネ23世法皇（John XXⅢ・1881～1963、在位1881～1963）第２ヴァチカン公会議を召集。カトリック教会の大規模な改革を行った。原著の「法王ヨハネ13世（Pope John XIII）」の記載は誤記。

【ラ】

ライアン，エイブラム（Abraham Joseph Ryan・1838～1886）メリーランド州出身。カトリック司祭、詩人。南部連合支持者。「南部の詩人司祭」と呼ばれた。*Father Ryan's Poems.*（Mobile, J. L. Rapier & co.,

マッカーシー，メアリー（Mary McCarthy・1912～1989）ワシントン州シアトル出身。作家・批評家・政治活動家。俳優ケヴィン・マッカーシー（Kevin McCarthy,・1914～2010）の姉。「アメリカの鳥」（『世界文学全集』中野恵津子訳、集英社、2009年）。

マッキンレー，ウィリアム（William McKinley・1809～1849）サウス・カロライナ州出身。幼い頃、両親とともにジョージア州に引っ越す。オグルソープ郡議会議員。

マックロ，ヴァージニア（Virginia McCraw・生没年不明）マディソン・マックローの娘。

マックロー，マディソン（Madison McCraw・生没年不明）1898年３月1日にミレッジヴィルにサミュエル・エヴァンズ（Samuel Evans）が開業したThe Merchants and Farmers Bank（現在のCentury Bank & Trust）を、出納係としてエヴァンズとともに1902年まで経営していた。

マートン，トマス（Thomas James Merton・1915～1968）フランスのプラード出身。幼い頃に母親を失い、後にイギリス、アメリカへ移住。コロンビア大学で学士号と修士号を取得。不可知論者からカトリックに回心し、1941年ケンタッキー州のゲッセマネ修道院に入る。修道名ルイス。回想録『七重の山』（工藤貞訳、中央出版社，1966年、絶版）を書きベストセラーになる。1949年、聖職叙任式を受ける。1951年、アメリカに帰化。社会問題に関心をもち、1960年代反戦運動の中心人物として活躍。宗教会議参加のためにタイに行った時、ホテルで感電死した。

マーフィー・ジュニア，クリストファー（Christopher Murphy Jr.・1902～1973）サヴァンナの美術家・教師。サヴァンナ芸術クラブ会長。1929年、ジョージア芸術協会設立。オーガスタのモーリス美術館に約100点の作品が収蔵されているほか、テルフェア美術館にも作品が収蔵されている。

マーラー，ジョン（John Marlor・1789～1835）イギリス出身。建築家。サウス・カロライナのチャールストンを経て、1815年ミレッジヴィルに移住。1825年頃、ブラウン・ステットソン・サンフォードハウスを設計した。いくつもの古典的な様式を取り入れたMilledgeville Federalと呼ばれる独特の建築様式で知られている。

マラマッド，バーナード（Bernard Malamud・1914～1986）ニューヨーク州ブルックリン出身。両親はロシア系ユダヤ人移民。最初の小説『ザ・ナチュラル』（1952年）が1984年に『ナチュラル』という題で映画化（主演・ロバート・レッドフォード）。1958年『魔法の樽』（阿部公彦訳、岩波文庫、2013年）で全米図書賞、1967年『修理屋』（橋本福夫訳、ハヤカワノヴェルズ、1969年）で全米図書賞とピュリッツァー賞、1969年『簞笥の中の男』でオー・ヘンリー賞受賞。

マリタン，ジャック（Jacques Maritain・1882～1973）フランスのカトリック

司祭。英国国教会からカトリックに改宗。ヴィクトリア朝の代表的詩人の一人。B・バーゴンジー／緒方登摩・酒井善孝・堤明子訳『ジェラード・マンリー・ホプキンズ伝』（北星堂書店：1985年）参照。

ホーソン，ナサニエル（Nathaniel Hawthorne・1804～1864）マサチューセッツ州セイラム出身。小説家。ボストン税関職員、セイラム税関職員、リヴァプール領事。ピューリタンの古い家系に育ち、クエーカー教徒迫害や魔女裁判にかかわった先祖や、近親相姦の嫌疑をかけられた親戚をもつことが作品に大きな影響を与えている。『緋文字』（小川高義訳、光文社古典新訳文庫、2013年）、『ラパチーニの娘—ナサニエル・ホーソーン短編集』（阿野文朗訳、松柏社、2013年）

ポーター，ティモシー（Timothy Porter・生没年不明）コネチカット州ファーミントンの建築業者。旧知事公邸の建設監督を行った。

ホープ，ボブ（Bob Hope・1903～2003）英国生まれの米国の喜劇俳優。主演映画に『腰抜け二挺拳銃』（1947年）がある。

ホプキンス，ジェラルド・マンリー（Gerald Manley Hopkins・1844～1889）英国エリザベス朝時代の詩人・イエズス会司祭。「No worst, there is none（最悪なんてものはない）」などの詩がある。『ホプキンズ詩集』（安田章一郎・緒方登摩訳、春秋社、1994年）

ボランド，J・ケヴィン（J. Kevin Boland・1935～）アイルランド出身。ローマ・カトリック教会の高位聖職者。ダブリンのジョン・チャールズ・アッケイド大司教によって1959年６月14日、サヴァンナに司祭として派遣され、1995年２月７日サヴァンナ教区第13代司教に任命された。

ホワイト，ファニー（Fannie White・生没年不明）ウェスレヤン・カレッジの栄養士で、サンフォード・ハウス・ティー・ルームを教え子メアリー・ジョー・トンプソンとともに開業する。1960年代後半、ファニー・ホワイトの退職とともにサンフォード・ハウスは閉店した。

ボーン，ポール（Father Paul Bourne・1908～1995）ワシントン州シアトル出身。シトー派の修道会、聖霊修道院の神父。1960年代に、ムーア修道院長とともに頻繁にアンダルシアのオコナーを訪れた。ブラッド・グーチは「ボーン神父は、フラナリーの作品をすべて読んでいた。彼女は、彼のなかに宿る自分と同じ精神を見ていたものと思われる」と記録している（Brad Gooch, *Flannery: A Life of Flannery O'Connor*, p.327　訳・田中）。

【マ】

マイナー，ビル（Bill Miner・1847～1913）ケンタッキー州ボーリングリーン出身。馬車泥棒、列車強盗で有名。紳士的泥棒、紳士的強盗と呼ばれた。1904年に彼がカナダで初めて起こした列車強盗事件は、1982年に『グレイ・フォックス』という映画になった。

ヘスター，ベティ（Hazel Elizabeth (Betty) Hester・1923～1998）ジョージア州ローマ出身。第２次世界大戦後の４年間、カリフォルニアやドイツでアメリカ空軍に勤務するも、除隊処分となり、アトランタに移住。Retail Credit Company に転職。アルコール中毒、うつ病に悩まされる。レズビアン。*The Habit of Being* の中で「A」という宛名で記されている人物。フラナリー・オコナーと互いによき理解者として９年間文通を続ける。カトリック教会に入り、オコナーが堅信礼の代母になる予定だったが、その後不可知論者になり、拳銃自殺で最後を遂げた。

ベネディクト（Benedict・480～547）ローマのヌルシア（現在のイタリア・ウンブリア州ノルチャ）出身。聖ベネディクトまたはヌルシアのベネディクトスと呼ばれるカトリックの聖人の一人。厳しい戒律に基づいた修道院を設立し、「西欧修道士の父」とも呼ばれる。

ベル，ジェレマイア（Jeremiah Beall・生没年不明）スコットランド系。クライン邸の1893年の居住者。６人の奴隷を所有していた。

ペル，ジョン（John Pell・生没年不明）旧知事公邸の設計にかかわった建築士

ペルシコ，イグナチウス（Ignatius Persico・1823～1896）英国領インドのまだ司教区になっていないボンベイとアグラで司教代理を務めたのち、ローマ教皇ピウス９世の命によりジョージア州サヴァンナ教区の第四代司教になった。大聖堂の建築計画を立てたが、健康上の理由で教区を去り、イタリアに戻る。その後カナダで司教として活躍。1893年に教皇レオ13世により枢機卿に叙せられる。サヴァンナ教区司祭のうち、枢機卿になった唯一の司祭。

ベルナール，サラ（Sarah Bernhardt・1844～1923）19世紀フランスで最も有名な舞台女優。売春婦の娘として生まれ、自らも生活のために売春婦をしていたが、1862年に舞台活動を始め、1870年代にヨーロッパで名声を得るに至った。1914年、レジオンドヌール勲章授与。1923年、フランス国葬の礼。

ベロー，ソール（Saul Bellow・1915～2005）カナダ出身。1924年、カナダ移住。小説家・劇作家。1944年にデビュー作『宙ぶらりんの男』（『世界文学全集 101』所収、野崎孝訳、講談社 1976年）を出版。全米図書賞を３度受賞。ピュリッツァー賞を１回受賞。1976年、ノーベル文学賞受賞。

ホーキンズ，アマンダ（Amanda Hawkins・生没年不明）ネイサン・ホーキンズ夫人。

ホーキンズ，ネイサン（Nathan Hawkins・生年不明～1870）1850年代にミレッジヴィル市長を３期務め、ボールドウィン郡選出の州議会下院議員を務めた。

ホプキンス，ジェラード・マンリー（Gerard Manley Hopkins・1844～1889）英国出身。詩人。イエズス会

中年齢を偽り16歳で第14ジョージア歩兵連隊に加わり、兵卒としてアトランタの戦いで活躍。戦後「将軍」の名誉称号を受ける。107歳まで生き、「南部連合軍最後の兵士」と呼ばれた。

フッド, ジョン・ベル（John Bell Hood・1831～1879）ケンタッキー州出身。南北戦争の時の南軍将軍。戦後は綿花仲介業、保険会社社長。

フッド, ディーン（Robert Dean・生没年不明）フロリダ在住の全身性エリトマトーデス患者。

フッド, ロバート（Robert Hood・生没年不明）ディーン・フッドの夫。フラナリーの友人。

ブラウン, ジョージ（George Brown・生年不明～1837）ミレッジヴィルのプランテーション経営者。実業家。ブラウン・ステットソン・サンフォード・ハウスの所有者。

ブラウン, ジョン（John Brown・生没年不明）ジョージ・ブラウンの息子。「州権主義ホテル」の開設者の一人。

ブラウン, ヒュー（Hugh Brown・生没年不明）アームストロング州立カレッジ教授。「フラナリー・オコナー子供時代の家」の開設者の一人。

プラスキ, カシミール（Casimir Pulaski・1745～1779）ワルシャワ出身。ポーランドの貴族。カトリック教徒ポーランドの反ロシア暴動に参戦し、名声を上げる。ベンジャミン・フランクリンのすすめでアメリカ独立戦争に参戦し、大陸騎兵隊の指揮官となり、ジョージ・ワシントンの命を救って功績を立てる。1779年、チャールストンをイギリス軍から防衛したが、サヴァンナの攻撃で重傷を負い、その後間もなく死亡した。「アメリカ騎兵隊の父」と呼ばれる。アメリカ合衆国名誉市民に叙せられた。

フラナリー, ジョン（John Flannery・1835～1910）アイルランド、ティペレアリー郡出身。1851年、両親たちとともにサウス・カロライナに移住。1855年、ジョージア州サヴァンナに引っ越す。南北戦争に従軍。陸軍大佐。戦後ジョン・フラナリー・カンパニーを創立。1870年、南部銀行の創設にも携わり、1881年に頭取になった。実業家として様々な役職に就く。火事で全焼した洗礼者ヨハネ大聖堂の再建委員長としても活躍。

フリッシュ, ジュリア（Julia Flisch・1861～1841）ジョージア州出身。ジョージア師範・工業高専の教員。女子の人権向上・女子教育に取り組んだ。

ヘイグッド, ディクシー（Dixie Haygood・1861 ～1915）芸名アニー・アボット（Annie Abbott)、別名ジョージア・マグネット。ジョージア州ミレッジヴィル出身。手品師。

ベイリー, ジェイムズ・ルーズベルト（James Roosevelt Bayley・1814～1877）ニューヨーク市出身。ニューアークの初代司教、ボルチモアの第８代大司教。

1841）ヴァージニア州出身。軍人・プランテーション所有者・政治家。第９代アメリカ合衆国大統領に就任するも、肺炎が原因で１か月後に死去。

ピウス９世（Pius IX，本名 Giovanni Maria Mastai-Ferretti・1792～1878）ローマ教皇（1846～1878）。第一ヴァチカン公会議を開催（1869～1870）。ローマ教皇の無謬性を宣言し、マリアの無原罪懐胎の教条を定めた。イタリアに併合される前の教皇領（754～1860）最後の教皇。

ビーチャー，サミュエル（Samuel Beecher・生没年不明）「州権主義ホテル」の開設者の一人。ジョン・ブラウンの義理の兄弟。

ビューレン，マーチン・ヴァン（Martin Van Buren・1782～1862）ニューヨーク州キンダーフック出身。第９代ニューヨーク州知事をはじめとして第８代大統領を務める。独立後にアメリカで生まれ育った初の大統領で、第一言語はオランダ語であった。民主党設立に主導的な役割を果した。

ヒル，ジャック（Jack Hill・生没年不明）アンダルシア農場の住み込みの農夫。アフリカ系アメリカ人。

ヒル，ルイーズ（Louise Hill・生年不明～1977）ジャック・ヒルの妻。

フィッツジェラルド，サリー（Sally Fitzgerald・1916～2000）フラナリー・オコナーの親友の一人。*The Habit of Being* と Library of America の *Flannery O'Connor: Collected Works* の編集、および、夫ロバートとともに *Mystery and Manners* の編集を行った。

フィッツジェラルド，ロバート（Robert Fitzgerald・1910～1985）イリノイ州スプリングフィールド出身。詩人・教育者・翻訳家。ハーバード大学卒。ニューヨーク・ヘラルド・トリビューン社とタイム・マガジン社に勤務したのち、1946年にサラ・ローレンス・カレッジで教鞭を取って以降、いくつもの大学の教壇に立ち、最終的にハーバード大学の教授となった。ホメロスの『オデッセイ』などギリシア詩の翻訳で有名。フラナリー・オコナーの著作権遺言執行者。

フォークナー，ウィリアム（William Cuthbert Faulkner・1897～1962）ミシシッピー州出身。ミシシッピー大学中退。20世紀アメリカ文学を代表する作家の一人。架空の町ヨクナパトーファ郡ジェファソンを舞台に因習的なアメリカ南部を描いた。1949年、ノーベル文学賞受賞。1955年と1962年の２度にわたってピュリッツァー賞受賞。『八月の光』（加島祥造訳、新潮文庫、1967年）、『響きと怒り』（高橋正雄訳、講談社文芸文庫、1997年）などの作品が有名。『フォークナー全集（全27巻）』（冨山房、1967～1997年）

ブッシュ，ウィリアム・J（William Joshua Bush・1845～1852）ジョージア州ニュー・オールバニー出身。５歳の時、父親の関係でジョージア州オックスフォードに引っ越し、生涯の大半をそこで過ごす。南北戦争ィー）とジョン・マクマホン（John McMahon・生年不明〜1900）の２人だけだった。

ノリス，ジョン（John Norris・1804〜1876）1846年から1860年にかけて、サヴァンナ税関など、ギリシア復興建築様式を特徴とするサヴァンナの主要な建築物や住居を建てた。ジョージア州の知事旧公邸の設計計画書を提出した三人の建築家の一人。原著のH.A. Norrisは間違え。

【ハ】

パークス，マーヴィン・マクタイヤ（Marvin McTyeire Parks・1872〜1926）エモリー大学卒業。ジョージア大学から法学の名誉博士号をされた。ジョージア師範・工業高専に教育学の教授を務めたのち学長。カレッジをジョージア大学から独立させ、ジョージア州立女子カレッジと命名して４年制の大学に昇格させ、女子教育の充実を図る。彼の功績を讃えたパークス・ホールとパークス記念ホールが現存している。

ハーシー，ジョン（John Hersey・1914〜1993）：「20世紀アメリカ・ジャーナリズムの業績トップ100」の第１位に選ばれた作家。『アダノの鐘』（1944年）でピュリッツァー賞受賞（邦訳は東西出版社刊）。被災者への取材を基に綴られた原爆投下の克明なドキュメント『ヒロシマ』（石川欣一訳、法政大学出版局、1949年）が有名。

パーシー，ウォーカー（Walker Percy・1916〜1990）アラバマ州出身。作家。幼少時の祖父の自殺、13歳の時の父の自殺、15歳の時母の交通事故死を通じて不可知論者として育つが、のちに友人やキェルケゴール、ドストエフスキーの影響を受けて、カトリック信仰を得る。実存的な疑問やカトリック信仰など抱きながら、南部を舞台に居場所を失った現代人を描いた。1961年、代表作『映画狂時代』（土井仁訳、大阪教育図書、2007年）で全米図書賞受賞。

ハーズ，ジョージ（George Haas・生没年不明）ハンコック・ストリートと北ジェファソン・ストリートの角地をウィリアム・マッキンレーから買い、２日後にヒュー・ドネリー・トレナーに売った人物。その土地はウィリアム・H・グロス司祭に寄贈され、聖心カトリック教会の一部となった。

ハーティ，チャールズ（Charles Herty・1867〜1938）ジョージア大学出身、ジョンズ・ホプキンス大学で博士号取得。化学者。ジョージア大学化学部教授、アメリカ化学協会会長。

バーネット，ロバート（Robert A. Burnett・生没年不明）第５代アームストロング州立カレッジ学長。

ハミルトン，リチャード（Richard Hamilton・生没年不明）ジョージア中部カトリック教会宣教師。ミレッジヴィル教区司祭（1906〜1911）。ジョージア州ダブリンにImmaculate Conception Catholic Church（無原罪懐胎カトリック教会）を創設。

ハリソン，ウィリアム・ヘンリー（William Henry Harrison・1773〜

り入れたほか、様々な規則などを定めて女子の教育推進に当たった。

デイヴィス, ジェファソン（Jefferson Davis・1808～1889）ケンタッキー州出身の政治家。1861～1865年、南北戦争時の南部連合国の大統領を務めた。戦後、国家反逆罪の罪に問われる公職を追放されるも、北部による南部占領統治に抵抗し、旧南部連合の人々の尊敬を集めた。

テイヤール・ド・シャルダン, ピエール（Pierre Teilhard de Chardin・1881～1955）フランスのイエズス会士。古生物学者・哲学者。進化論をキリスト教創造論に統合し、宇宙の進化の中心に人間を据えて論じた『現象としての人間』を著したため、当時異端論者としてローマ・カトリック教会で異端扱いされたが、この作品はオコナーの後期作品に大きな影響を及ぼした。『すべて上昇するものは一点に集まる』という作品集はその影響下に書かれたものである。

デパオロ, ローズマリー（Rosemary DePaolo・生没年不明）ジョージア・カレッジ＆州立大学第18代学長。最初の女性の学長。ノースカロライナ大学ウィルミントン校学長。

デューイ, ジョン（John Dewey・1859～1952）米国の哲学者・教育学者・プラグマティズムを大成させ、感覚的要素は特定の目的の実現を目指す観念に導かれた積極的行為（実験的行為）によってとらえられるものであるとする実験主義（道具主義）を提唱。その心理学は機能主義心理学と称されている。新渡戸稲造の友人。著書に『学校と社会』(1998年)、『経験と教育』（2004年）（ともに市村尚久訳、講談社学術文庫）などがある。

デュレア, デニス（Denis Dullea・生没年不明）1969年までアトランタのセント・クレメンズ教区で司祭を務めたのち、聖心カトリック教会に赴任。この司祭の司式もとで、1974年11月3日、聖心カトリック教会は100年記念を祝った。

トゥーミー, ジョン・D（John D. Toomey・生年不明～1970）ジョージア州オーガスタ出身。1941年６月にアトランタで叙任。サヴァンナで洗礼者聖ヨハネ大聖堂の副司祭を務めたのち、ミレッジヴィルの聖心カトリック教会の司祭に就任。13年間務めたのち、サヴァンナのセント・ジェームズ教区司祭となった。オコナーがミレッジヴィルに引っ越してきてから知り合いになった二人目の司祭。

トンプソン, メアリー・ジョアンナ（Mary Joanna Thompson・1926～2014）ジョージア州出身。本文中ではミス・（ジョー・）トンプソンと言及されている。1947年、ウェスレヤン・カレッジ卒業。サンフォード・ハウスの経営者。レシピを *The Sanford House Cookbook* にまとめ、フラナリー・オコナー＝アンダルシア財団に寄贈した。

【ナ】

ノートン, メアリー・エレン（Mary Ellen Norton・1842～1899）ジョン・フラナリーの妻。パトリック・ハーティの孫娘。６人の子を産んで、そのうち成人したのはケイト（ケイテ営するほか、ミレッジヴィルで店を経営していた。

ストロツィアー，ロバート（Robert Strozier・生没年不明）アームストロング州立大学教授。大学に数学レスリー・ストロツィアー奨学金を設立。

ストーンマン・ジュニア，ジョージ（George Stoneman Jr.・1822～1894）ニューヨーク州出身。南北戦争で北軍の騎兵隊特殊奇襲部隊隊長として活躍。カリフォルニア州知事。

スペイヤ，エドウィン・G（Edwin G. Speir・1935～2015）ジョージア・カレッジ学長（1981～1996）。ジョージア州の一般教養教育機関としての役割を果してきた大学に全国から学生を募集するように変革し、現在のジョージア・カレッジ＆州立大学という名称が認可された。

スミス，ハリー（Hallie Smith・生没年不明）ジョージア州立女子カレッジ英語英文学科の教員。フラナリーに〈コリンシアン〉への投稿を呼びかけた。

スライ，ウィリアム（William Schley・1786～1858）メリーランド州出身。弁護士、政治家。幼少時にジョージア州オーガスタに引っ越して教育を受ける。ジョージア州知事を務める。西部・大西洋鉄道の創業者。

セシリア（Saint Cecilia・生没年不明）２～３世紀頃のローマの殉教者とされているが、史実をめぐって様々な議論がある。聖女、音楽の守護聖人と見なされている。

セムズ，ケイティー（Katie Semmes・1868～1958）ジョン・フラナリーとメアリー・エレンの長女ケイト。カズン・ケイティー、ラファエル・セムズ夫人など色々な呼称で呼ばれている。フラナリー・オコナーのいとこ。オコナー家族やカトリック教会を経済的に支援した。ヴァチカン有功十字勲章（La Croce Pro Ecclesia et Pontifice）受賞。

セムズ，ラファエル・トーマス（Raphael Thomas Semmes・1857～1916）ミシシッピー州マディソン郡出身。親戚である南部連合軍少将（Raphael Semmes・1809 ～1877）にちなんで名づけられた。カトリック教徒。Semmes Hardware Company を経営。

ソートー，ヘルナンド・ド（Hernando de Soto・1496 or 1497～1542）スペイン出身の探検家でコンキスタドール。アメリカ大陸の南東部やミシシッピー川まで探検した。残忍な征服者として悪名高い。

【タ】

タルマッジ，ユージン（Eugene Talmadge・1884～1946）ジョージア州出身。民主党政治家。第67代ジョージア州知事（1933～1937、1941～1943、1946年就任前に死亡）

チャッペル，ジョセフ・ハリス（Joseph Harris Chappell・1850～1906）ジョージア州出身。ジョージア師範・工業高専初代学長。旧知事邸に住んでいた。女子の職業訓練のための学校教育に、初めて一般教養科目を取

Thurber・1894～1961）小説家・漫画家。アメリカで最も人気のあった風刺漫画家の一人。〈ニューヨーカー〉にスタッフとして勤務し、その後も寄稿を続けて活躍した。1940年以降視力が衰え始め創作活動を制限せざるを得なくなり、1952年にほとんど視力を失い、創作活動をやめた。著書に*My Life and Hard Times*（1933）、*My World—And Welcome It*（1942）、邦訳に『虹をつかむ男』（鳴海四郎訳、早川書房，2014年）がある。

ジェミソン，エドウィン・F（Edwin F. Jemison・1844～1862）ジョージア州ミレッジヴィル出身。南部連合軍の兵卒、ルイジアナ第２歩兵連隊に所属。ヴァージニアで戦士。

シャーマン，ウィリアム・テクムセ（William Tecumseh Sherman・1820～1891）南北戦争においてジョージア州を壊滅に追い込むなど、北軍の代表的将軍として大きな戦績を残した。後年、米国陸軍元帥を務めた。

ジョーダン，グレン（Glenn Jordan・1936～）テキサス州出身。テレビ映画製作者・監督。『野蛮な来訪者』（1993年）、『のっぽのサラ』（1991年）、『欲望という名の電車』（1995年）が有名。

ジョンストン，ジョセフ・エグルストン（Joseph Eggleston Johnston・1807～1891）ヴァージニア州出身。陸軍職業軍人として、米墨戦争・セミノール戦争・南北戦争に従軍。南部連合軍の最上級将軍の一人。退役後、下院議員、アーカンソー州鉄道会社社長を務める。

ジョンソン，トマス（Thomas Johnson・1812～1906）ケンタッキー州モンゴメリー郡出身。南北戦争でケンタッキー州第２大隊の大佐を務める。1870年アンダルシアの土地の所有権を手に入れる。

ジルソン，エティエンヌ・アンリ（Etienne Henri Gilson・1884～1978）フランスのキリスト教哲学者・哲学史家。歴史的な見地からトマス主義を分析。キリスト教的哲学の存在を否定するエミール・ブレイエに対して、肯定的な立場から論争を繰り広げた。ストラスブール大学、パリ大学、ハーバード大学など多数の大学で教鞭を取る。『中世哲学の精神（上・下）』（服部英次郎訳、筑摩叢書、1974年）、『キリスト教哲学入門――聖トマス・アクィナスをめぐって』（山内志朗監訳・松本鉄平、慶應義塾大学出版会、2014年）。

ステットソン，ダニエル・B,（Daniel Burrell Stetson・1810～1865）マサチューセッツ州出身。1842年、ミレッジヴィルに移住。現在、ブラウン・ステットソン・サンフォードハウスと呼ばれているミレッジヴィルの史跡記念建物のかつての所有者。1857年に州権ホテルを買い取り、個人用住宅として一世紀近く使用していた。綿花商。上級司法裁判所判事。

ストーヴァル，ジョセフ（Joseph Stovall・生年不明～1848）ボールドウィン郡最初の居住者。現在のアンダルシアにあたる土地で大農園を経任命される。1941年にフラナリーがミレッジヴィルに引っ越してきて、すぐに知り合いになった。

キャロル，ルイス（Lewis Carroll・1832～1898）イギリスの作家・数学者・論理学者。オックスフォード大学数学講師。本名はチャールズ・ラトウィッジ・ドジソン（Charles Lutwidge Dodgson）。『不思議の国のアリス』、『鏡の国のアリス』（いずれも河合祥一郎訳、角川文庫、2010年）。

グァルディーニ，ロマーノ（Romano Guardini・1885～1968）イタリア出身。カトリック神学者、キリスト教的実存主義哲学者。『ドストエーフスキイ―五大ロマンをめぐって』（1958年）、『パスカル―キリスト教的意識』（1957年）ともに永野藤夫訳、創文社刊。

クルスキー，C.B.（Charles B. Cluskey・1808～1871）アイルランド出身。建築家。ジョージア州の知事旧公邸、旧ジョージア医科大学（現ジョージア・リージェンツ大学）、セント・サイモン島灯台の建設者。ギリシア復興建築様式を特徴とする。（原著の Clusky は Cluskey の間違い）。

グロス，ウィリアム・H（William Hickley Gross・1837～1898）メリーランド州ボルチモア出身。カトリック教会の高位聖職者。サヴァンナ教区司教（1873～1885）。オレゴン市大司教管区の大司教。ミレッジヴィルの聖心カトリック教会の会堂建築の資金集めに尽力し、献堂式を司り、初期の司祭を務めた。

クロスビー，ビング（Bing Crosby・1904～1977）ワシントン州出身。歌手、映画俳優。本名Harry Lillis Crosby。『ホワイト・クリスマス』『星にスウィング』『サイレント・ナイト』など多数クリスマスソングのヒット曲をもち、「クリスマスソングの王様」と呼ばれている。

クローフォード，ジョージ・W（George Walker Crawford・1798～1872）ジョージア州唯一のホイッグ党出身の知事を２期務めた。州検事総長、国会議員。1861年、南部11州連邦脱退会議議長。

ケイリー，ベンジャミン（Benjamin Keiley・1847～1925）ヴァージニア州ピーターズバーグ出身。ローマ・カトリック教会の高位聖職者。アトランタの無原罪懐胎教会の総代理・司祭（1886～1896）、洗礼者ヨハネ大聖堂主任司祭、サヴァンナ教区司祭。

ケネディー，ロバート（Robert Kennedy・生没年不明）ミレッジヴィルの聖心カトリック教会最初の住み込み司祭（1889～1904）。

コスタ，シスター・ロレッタ（Sister Loretta Costa・1923～）ジョージア州アテネ出身。聖ヨゼフ修道女会の修道女。フラナリー・オコナーと親交があった。拙訳『フラナリー・オコナーとの和やかな日々』（2014年、新評論、221～243ページ）にインタビューが掲載されている。

【サ】

サーバー，ジェームズ（James G.

同年、教皇ピウス９世にサヴァンナの司教に任命された。

ウォルシュ，パトリック（Patrick Walsh・1840〜1899）アイルランド出身。1852年、サウス・カロライナ州チャールストンに移住。1861年南部連合軍に加わり南北戦争に従軍。1862年、ジョージア州オーガスタに引越し、ジョージア州の新聞〈The Augusta Chronicle〉の編集者となる。1890年代に上院議員を務め、1897年、オーガスタ市長に選ばれた。

ウォレン，ロバート・ペン（Robert Penn Warren・1905〜1989）作家、詩人、教育家。新批評の提唱者。小説と批評の両部門でピュリッツァー賞受賞。1986年、アメリカ桂冠詩人に叙せられる。

エングル，ポール（Paul Engle・1908〜1991）アイオワ州出身。詩人・編集者・文学批評家。アイオワ大学ライターズ・ワークショプの責任者、「International Writing Program（国際作家プログラム）」の創設者。アイオワでフラナリー・オコナーの教育にあたった。1976年、ノーベル平和賞にノミネートされる。*Worn Earth*（1932），*American Song*（1934），*Break the Heart's Anger*（1936），*American Child*（1945/1956），*The Word of Love*（1951）などがある。

オコンネル，J. J.（Jeremiah Joseph O'Connell・1821〜1894）アイルランド・コーク郡出身。1842年、ジョージア州チャールストンに渡り、聖ヨハネ・バプテスト神学校（Saint John the Baptist Seminary）で学問を修めたあと叙任され、1843年、22歳の時に J. F. O'Neill 神父の務めを助けるためにサヴァンナに赴任。ミレッジヴィルで最初のミサを挙げたのはその２年後。オコンネルが1879年に出版した *Catholicity in the Carolinas and Georgia: Leaves of its History ; A.D. 1820 - A.D. 1878* という本が2013年に Nabu Press から復刻・再販された。

オニール，ウィリアム・O.（William Oliver O'Neill・生年不明〜）アイルランド出身。洗礼者聖ヨハネ大聖堂を2013年に退任するまで17年間主任司祭、46年間サヴァンナ教区司祭を務めた。

オールコット，ルイーザ・メイ（Louisa May Alcott・1832〜1888）ペンシルヴァニア州出身。小説家。超絶主義社会改革者・教育者アモス・ブロンソン・オールコットの娘としてエマソンやホーソンとも交流があり、影響を受けた。代表作は『若草物語』（松本恵子訳、新潮文庫、1986年）。

オレイリー，トマス（Thomas O'Reilly・1831〜1872）南北戦争が始まった1861年にアトランタの「Immaculate Conception Church（無原罪懐胎教会）」の司祭に任命される。南軍・北軍を問わず、何千人もの人の体と魂の手当てにあたった。北軍が攻めて来た時に、シャーマン将軍に教会を焼却破壊しないように交渉した。

【カ】

キャッシディー，ジョセフ・G（Joseph G. Cassidy・生没年不明）1938年、ジョージアで最初の「移動司祭」に

本書に掲載されている人物紹介

【ア】

アキナス, トマス（Thomas Aquinas・1225〜1274）イタリアのドミニコ派修道士、神学者、哲学者。13世紀最大のスコラ哲学者。キリスト教思想にアリストテレスの哲学と新プラトン主義哲学を取り入れたその学説はトマス主義と称されている。

アップダイク, ジョン（John Updike・1932〜2009）ペンシルヴァニアシ州出身。小説家、詩人、批評家。キリスト教をベースとした平均的アメリカ人たちの苦悩・情熱・関心事を散文的な文体で描いた。２度にわたるピュリッツアー賞の受賞をはじめとして重要な文学各賞を受賞。『走れウサギ（上・下）』（宮本陽吉訳、白水Ｕブックス, 1984年)、『アップダイク自選短編集』（岩元巌訳、新潮文庫、1995年)、『金持になったウサギ（１・２)』（井上謙治訳、新潮社、1992年)。

アレン，ジョン・T（John T. Allen・1861〜1922）ジョージア州出身。ジョージア大学卒。ミレッジヴィル在住のボールドウィン郡裁判所裁判官。

イングランド, ジョン（John England・1786〜1842）アイルランド出身。カトリック司祭。1820年にチャールストン教区最初の教区長。ジョージア州とノース・キャロライナ州とサウス・キャロライナ州を管轄。1830年、修道院 Sisters of Charity of Our Lady of Mercy を設立し、中流階級の女性の宗教教育や医療活動に従事したほか、1831年と1835年に黒人少年少女のための無料の学校を開設したが、群衆たちの反対にあい、閉鎖された。

ヴィンソン，カール（Carl Vinson・1883〜1981）ジョージア州ボールドウィン出身。民主党所属の合衆国下院議員として史上最高の25期務め、強い国家を目指し、軍備、特に海軍の増強に努め、アメリカ軍事史の中で大きな役割を果した。原子力空母カール・ヴィンソンは彼の名前にちなんだもの。

ウェルズ, ガイ・H（Guy Herbert Wells・生年不明〜1965）ジョージア南部大学学長。フラナリー・オコナー在学当時のジョージア州立女子カレッジ学長。

ウェルティ, ユードラ（Eudora Welty・1909〜2001）ミシシッピィ州出身。小説家・短篇作家、批評家。南部を舞台に、人間や共同体の葛藤を神話的に描いた作品が多い。『デルタの結婚式』（丸谷才一訳、中央公論社、1967年)、『マッケルヴァ家の娘』（須山静夫訳、新潮社、1974年）でピュリッツァー賞受賞。

ヴェロット，オーガスチン（Augustin Verot・1804〜1876）フランス出身。1830年にアメリカ宣教に遣わされる。フロリダ州セント・オーガスチンの司教となる。1861年、南部連合を擁護する説教をしたため、北部人たちから「Rebel Bishop」と呼ばれた。

訳者紹介

田中浩司（たなか・こうじ）
1960年生まれ。神奈川県横須賀市出身。
防衛大学校教授・明治学院大学非常勤講師・明治学院大学キリスト教研究所協力研究員。日本フラナリー・オコナー協会副会長。
翻訳書に『フラナリー・オコナーとの和やかな日々―オーラル・ヒストリー』（新評論、2014年）、論文に「トマス・アキナス『神學大全』から読み解くフラナリー・オコナーの『恩寵の瞬間』」（鈴木章能編『East-West Studies of American Literature as World Literature & Essays――あるアメリカ文学者の系譜』一粒書房、2014年所収）、「フラナリー・オコナーの作品に見る『恩寵』という名の暴力と『悪』の所在」（『キリスト教文学研究』第30号、2013年）、「内村鑑三の文学観―近代日本文士たちの憧憬と絶望」（『明治学院大学キリスト教研究所紀要』第41号、2008年）などがある。

フラナリー・オコナーのジョージア
――20世紀最大の短編小説家を育んだ恵みの地――

2015年5月31日　初版第1刷発行

訳　者　田　中　浩　司
発行者　武　市　一　幸

発行所　株式会社　新　評　論

〒169-0051
東京都新宿区西早稲田3-16-28
http://www.shinhyoron.co.jp

電話　03(3202)7391
FAX　03(3202)5832
振替・00160-1-113487

落丁・乱丁はお取り替えします。
定価はカバーに表示してあります。

印刷　フォレスト
製本　中永製本所
装丁　山田英春

Printed in Japan
ISBN978-4-7948-1011-3

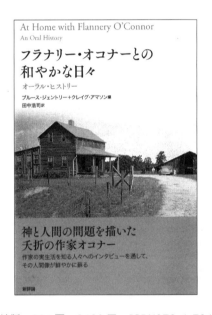

新評論　好評既刊書

ロイス・ローリー／島津やよい訳

ギヴァー　記憶を注ぐ者

ジョナス、12歳。職業、〈記憶の器〉。
世界中を感動で包んだニューベリー受賞作が
みずみずしい新訳で再生。

[四六判上製　256頁　1500円　ISBN978-4-7948-0826-4]

ロイス・ローリー／島津やよい訳

ギャザリング・ブルー　青を蒐める者

脚の不自由な少女キラ。
思いもかけない運命だった――
少女の静かなたたかいがはじまる。

[四六判上製　272頁　1500円　ISBN978-4-7948-0930-8]

ロイス・ローリー／島津やよい訳

メッセンジャー　緑の森の使者

キラとの別れから6年。成長したマティは、
相互扶助の平和な〈村〉で幸せに暮らしていた。
人類の行く末を映しだす、悲しくも美しい物語。

[四六判上製　232頁　1500円　ISBN978-4-7948-0977-3]

表示価格はすべて本体価格（税抜）です。